臼田　昭著

ピープス氏の秘められた日記

—17世紀イギリス紳士の生活—

岩波新書

206

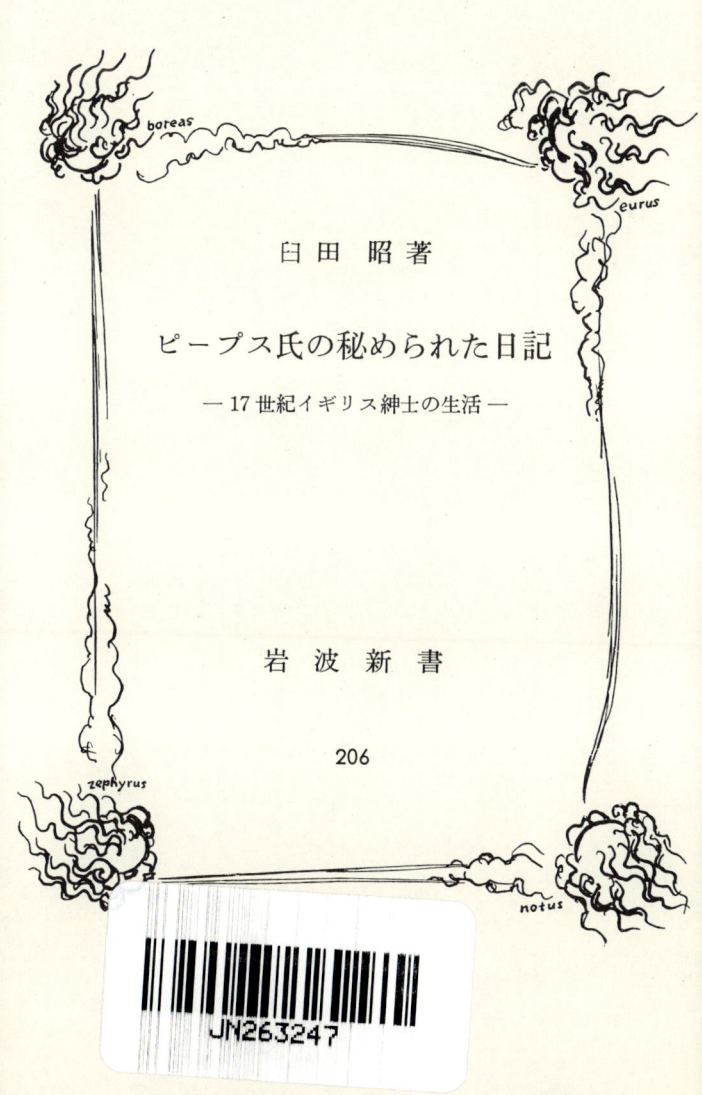

目次

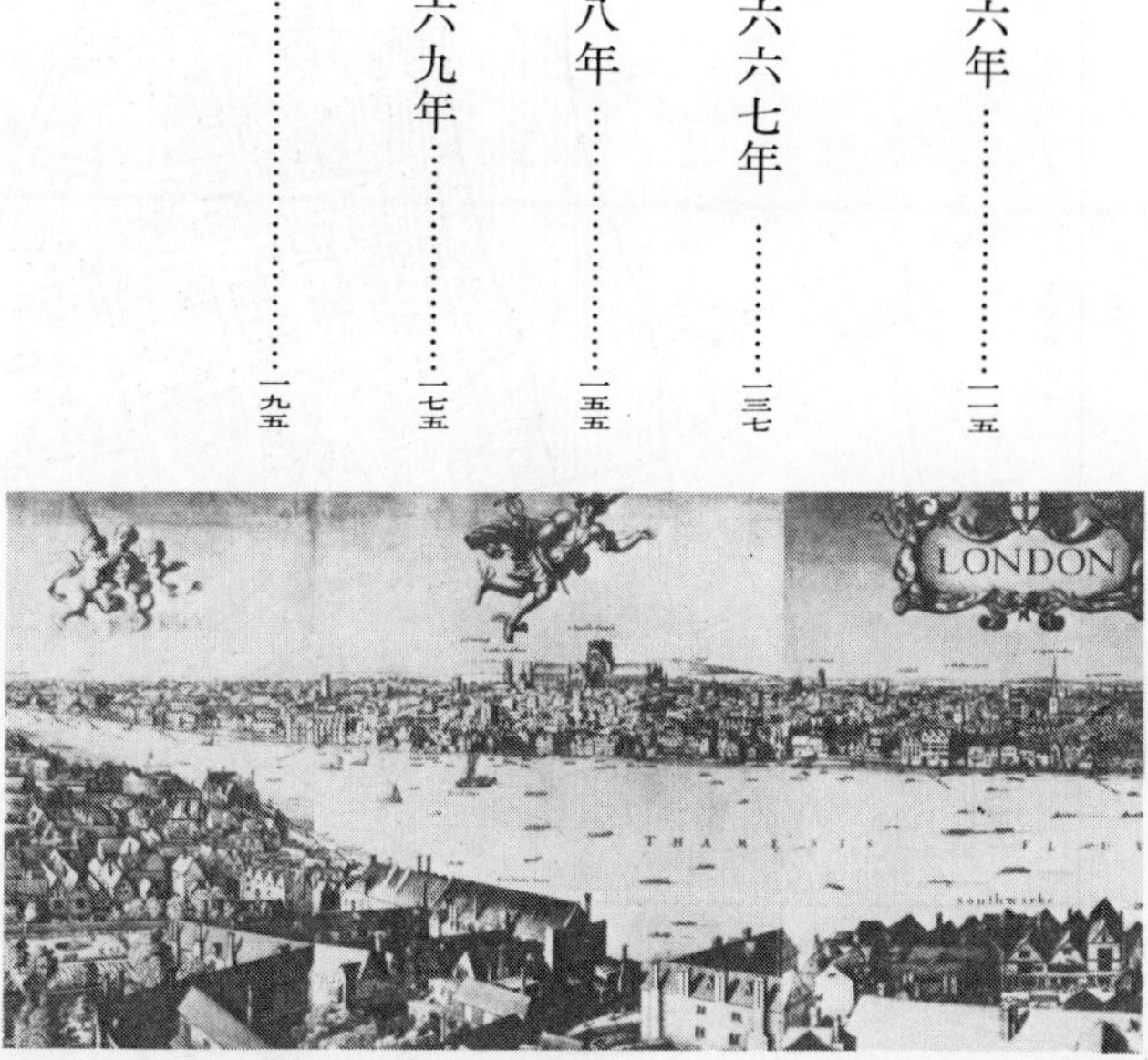
LONDON

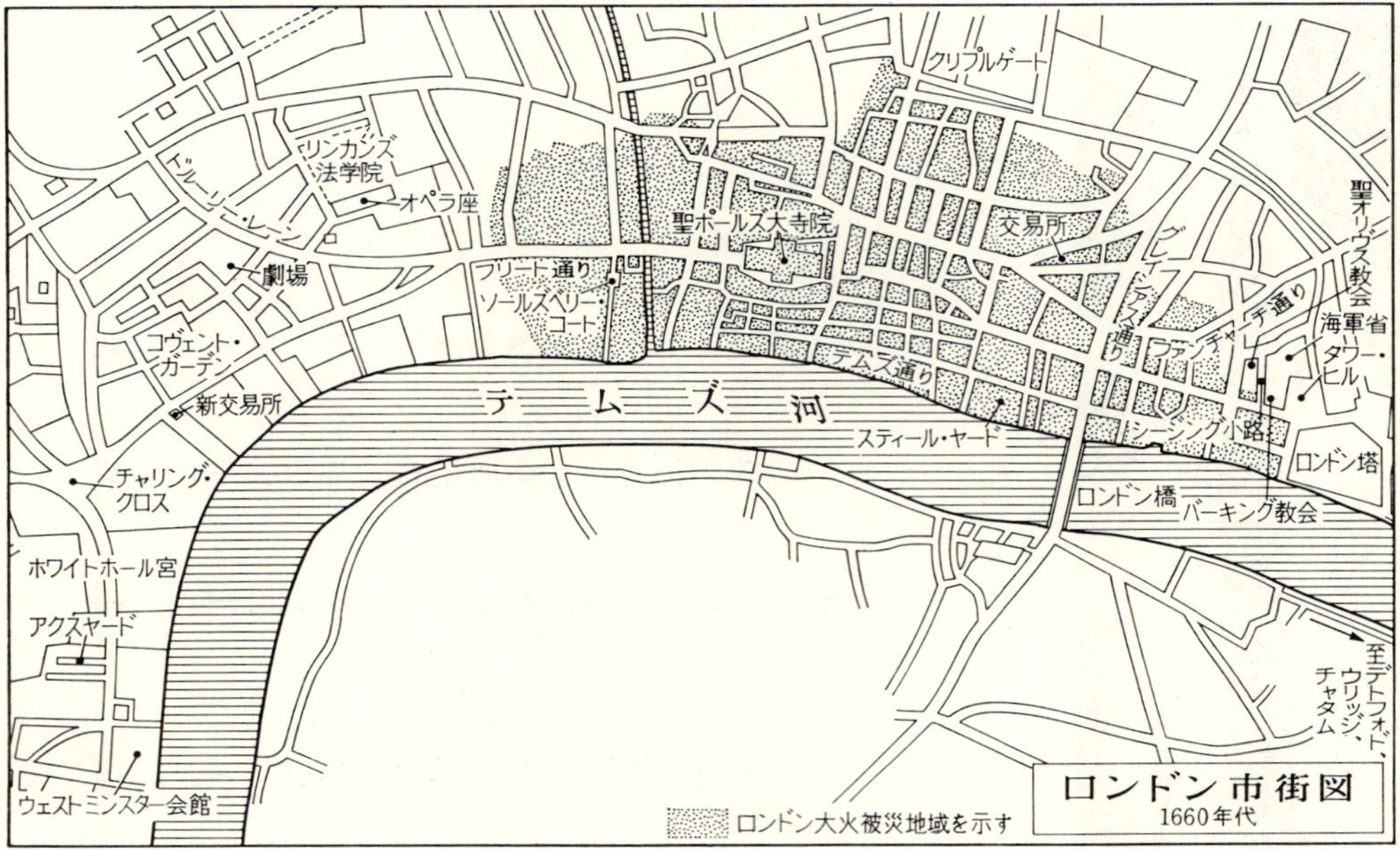
ロンドン市街図
1660年代
ロンドン大火被災地域を示す
リンカンズ法学院
オペラ座
ドルーリー・レーン
劇場
コヴェント・ガーデン
新交易所
チャリング・クロス
ホワイトホール宮
アクスヤード
ウェストミンスター会館
フリート通り
ソールズベリー・コート
聖ポールズ大寺院
クリプルゲート
交易所
グレイシアス通り
ファンチャーチ通り
聖オリヴス教会
海軍省
タワー・ヒル
テムズ通り
テムズ河
スティール・ヤード
シージング小路
ロンドン塔
ロンドン橋
バーキング教会
至デトフォド、ウリッジ、チャタム

I　ピープス氏、日記を書き始める　一六六〇年

サミュエル・ピープス(1666年．手にしている楽譜は，自作の「ビューティ・リタイア」)

暗号で書かれた世界の奇書

「神は褒むべきかな、年末来健康はすこぶる良好で、以前の痛みも冷えた時しか感じられない……」

こういう書き出しで、サミュエル・ピープス(Samuel Pepys, 1633—1703)という名のイギリスの青年が、一六六〇年一月一日に日記を書き始めた。彼は腎臓、膀胱《ぼうこう》の結石が持病で、この二年前、殺菌術も麻酔術もない当時、決死の覚悟で切開手術を受けた。それ以後彼は毎年その記念日に、その際お世話になった医者や親類、友人などを招き、盛大に宴会を開いて、手術の成功を祝う。そして無事取り出された「ピンポン玉ほどの大きさ」の結石を、特別誂《あつら》えの箱に収め、同病の人があると、これを見せて励ましていた。「以前の痛み」とはそのことをいう。彼の第一の関心事が自分の健康であるのは、しかく当然なのだ。それ以後彼は六九年五月まで、一〇年間、約一二五万語に及ぶ日記を書き続けた。そしてこの日記は作者の日々の生活をまったく偽らず、赤裸々に伝えている点で、世界の奇書の一つと数えられている。

だれしも身に覚えのあることだが、日記を書くとなると、その最初の読者、自分、が気になる。話が恥ずかしいこと、都合の悪いことになると、つい筆が鈍《にぶ》り、綺《き》麗《れい》ごとを書きたくなるし、逆に、たまさか誇るに足る行為があると、まるで鬼の首を取ったように特筆大書する。それもすべて自我のなせる業なのだ。だからアメリカの皮肉屋ビアスは、『悪魔の辞典』の中で、日記を「自己の生活のうち、自分自身に語って赤面せずにいられる部分の日々の記録」だと定義するのだ。日記が「純粋」であるのは至難のこと、そのためには唯一の読者であるはずの自我、パスカルの言う「おぞましい自我」の抵抗・介入を可能最少限に止める必要がある。となると、それは、主観的にも客観的にも、絶対他人の目に触れる可能性はない、という条件で書かれなければならない。ピープスの日記はこの点合格である。なにしろそれは暗号——速記号——で書かれていたのだから。

公刊にいたるまで

まず、この秘密の日記が公刊されるに至った経緯《けいい》について述べておこう。この日記は作者の死後、蔵書三〇〇〇冊とともに、その母校ケンブリッジ大学モードリン学寮に寄贈され、以後一〇〇年、書架の一隅にひっそりと眠っていた。が、一八一四年、作者の親友だったジョン・イーヴリンの日記が発見・出版されたことがきっかけになり、世間の関心がピープスにも及ぶようになった。そこで学寮長の兄のブレイブルック卿なる一貴族が、スミスという名の苦学生に、アルバイト料二〇〇ポンドを条件に、三年がかりでこれを解読・転記させせ、公刊したのが一八二八年のことである。初版は全体の四分の一ほどの抄本にすぎなかったが、世故に長《た》けたブレイブルック卿は、世間の反応を見ながら公刊の分量を小出しに増してゆき、版を重ね、最初の投資を十二分に回収した。その後二回新しい解読者が現われ、そのたびごとに本文も正確度を高め、英語国民にサミュエル・ピープスの名を親しいものにしてきたが、何分にも時代的制約があって、作者の性生活に関する部分は長年伏せられたままだった。そして完全な無削除版が世に出たのは、やっと一九七〇―七六年のことである。

奇妙な国際語の使用

もとより日記文学に造詣《ぞうけい》もない人間、乏しい経験から言うのだけれど、ピープスの日記の特色を説明するには、永井荷風の『断腸亭日乗』を引き合いに出すのが便利かと思う。荷風もまた荷風なりに、自己の行動の忠実な記録を心掛けた人間であるが、彼の日記には、その根本に、おのれを超俗の風流人に擬そうとする偏向があり、虚《きょ》心坦懐《しんたんかい》のものとは言いがたい。たくみに取捨選択を行い、時にはひた隠し、時にはひけらかす荷風の筆を導くものは、この偏向である。たとえば、彼の日記の中には「閨中秘戯絶妙」という言葉が散見される。この言葉は思わせぶりで、輪郭をもたない。そして初心の読者は、これこそ達人、さすが永井荷風はえらいものと感心し、おのれの乏しい想像力を酷使して、よしなき白昼夢にふけるのだが、この言葉それ自体には、事実の保証が何もない。これは事実であったかもしれないし、事実でなかったかもしれないのだ。だとすれば、読者には、この「閨中秘戯絶妙」は、敵娼《あいかた》に振られて憤懣《ふんまん》やる方ない荷風先生が、精神的平衡の回復のため、代償として、読者をたばかろうと思いついた奸計《かんけい》である、と解釈する自由も残っているのだ。

だが、冗舌《じょうぜつ》は控えよう。けれど、ピープスにはそういうことは絶えてない。この種のことに関する彼の記述には、常にはっきり輪郭がある。いや、ありすぎると言うべきかもしれない。だから彼の日記の一部は、これまで「活字にできない」ものだったのだ。その部分は、もちろんほとんどすべて彼の婚外交渉に関係したものである。おそらく彼は、妻の目を憚《はばか》ってのことだろう、それを記述するに際しては、フランス語、イタリア語、スペイン語、ラテン語、はてはギリシア語、ドイツ語までをも動員し、それに英語をチャンポンにまぜた、まことに奇妙な国際語、一七世紀版エスペラント語とも言うべき言葉を用いている。しかし厳密に言えば、対象が妻である場合にも、この国際語を用いることがないでもないから、その使用の目的はかならずしも秘匿ばかりではなく、ピープスの性的禁忌《タブー》の意識がそこに表われていたとも言える。しかし秘めごとは秘めておくほど楽しいもので、こういう言葉を考案しながら書きしるすこと自体に、書きしるされる行為の再現にも近い楽しみがある、ということは想像できる。

だが、この柳桜《やなぎさくら》をこきまぜた、春の錦のような言葉による記述の魅力をわが国の読者に伝えるのは、ほとんど不可能である。手許の辞書を総動員し、足らぬものはあわてて近所の本屋へ買いに走るなどして、苦労を重ねた結果の日本語訳では、その内容がきわめて単純明快であるだけに、あられもないの一語に尽きてしまうのだ。ピープスは日記の後半、厳密に言うと六七年の中頃から、秘匿の上に秘匿を重ねる策を講じ、ふつうの綴りの文字と文字との間に、余分のものを挿入し、一見支離滅裂《しりめつれつ》と見える文を作って楽しんでいる。たとえば“pleasure”は“plelesonure”といった工合である。これはおそらく、ピープスが自分の行状の甚《はなは》だしいのを自覚して、なおさらいっそう妻に気取られぬよう用心した結果だと思う。だが、秘密にしなければならないのはその行為自体であって、記録ではない。だからこのピープスの行動は、本末顛倒《ほんまってんとう》、砂漠で追い詰められた駝鳥《だちょう》同然の、まことに滑稽《こっけい》な振舞である。はたせるかな、その一年後、ピープスは妻に尻尾をつかまれて、大やいとを据えられる。

率直に自分を語る

それはともかく、ピープスの日記はかく絶対秘密保証つき、谷崎潤一郎創案の鍵つき日記とは類を異にする。だから彼は、そこで自分の行動や心理を語って、まことに率直・勇敢であり得たのだ。それは実例をもって示すのが一番だろう。六四年三月二二日のこと、ピープス夫人は牝の飼犬に子を生ませようと、よそから牡犬を借りてくる。なにしろ当時小犬の小便は、かつてのわが国の鶯《うぐいす》の糞と同様、ご婦人の美容の特効剤で、この供給を確保することは、ピープス夫人にとって重大な関心事だった。だが、あいにく牡が小さすぎて事がうまく運ばない。そしてその日のピープスの日記は、次のように終っている。「神よ、許し給え、犬たちがなんとかしようと努力しているさまを、妻や女中たちに見物させておくのは気に染まなかったが、このことはわたしを刺戟して、今夜、ふだん以上に妻との快楽に向かわせた。」

また、六七年八月の日曜日、ピープスは教会へ行く。そして説教の最中に「かわいい、つつましやかな娘のそばへ寄って行き、手を取り、体を抱こうとした。しかし彼女は言うことをきかず、つるつる向うへ逃げてゆく。そして最後にはポケットからピンを取り出し、もし今度さわったら突き刺してやろうと構えているのに気がついた。それを見て、わたしは止《や》めた。彼女の意図を察することができて助かった。それから次に、そばの席にいるまた別のかわいい娘を見つめることにとりかかった。すると向うも視線を返してくる。そこで寄って行って、彼女の手を取った。彼女はそのまましばらく何もしなかったが、やがて手を引っこめた。そのところで説教は終り、一同解散ということになって、わたしの色事もおしまいになった。」

こういう話を切り出したからといって、それだけでこの日記を好色漢の色道修業の記録と早合点してはいけない。これは平凡な中流一市民の日常生活の実直な記録なのだ。平凡な中流一市民の日常生活の何パーセントかは性生活で占められるから、その記事は当然顔を出すけれど、ピープスの場合、それは正常なパーセンテージを超えるものではなく、その他は夫婦喧嘩のこと、倹約と貯金の話、同僚との軋轢《あつれき》、老いた両親や婚期を逸しそうな不美人の妹の面倒を見ることなど、糠味噌《ぬかみそ》の香りかぐわしい些《さ》細《さい》な人事・消息で一杯なのだ。海軍省のハリキリ官僚の主人公が、あたりの様子を伺い、手づるをたぐり、他人を押しのけ、出世をはかり、賄賂《わいろ》をとり、金を貯め、妻の目を盗んで浮気をしながら、一〇年間の世相をこまめに観察・記録する。これがピープスの日記の本質である。それはアミエルの日記と正反対、そこには深刻な心の悩み、精神の葛藤《かっとう》など薬にしたくてもない。要するにそれは、内容形而下の事柄に終始した、俗人の日記なのである。一九世紀イギリスの詩人コールリッジが、ピープスのことを、頭がちょん切れて胴体だけの男と批評するのも、当然なのだ。

その生いたちと裏店ぐらし

ピープスはロンドンの陋巷《ろうこう》のしがない仕立屋の息子に生まれた。そして聖ポールズ大寺院附属学校を卒業し、奨学金を得てケンブリッジ大学に学んだ。昔のイギリスでは、こういう門地もひきもない大学生の一番安直確実な就職口は、伝統的に、牧師になって片田舎の教会に赴任することだったが、当時はピューリタン革命の真っ最中、イギリス国教会は衰微のどん底にあり、われわれにとって幸いなことに、ピープスにはその道は閉ざされていた。酒肉五辛《しゅにくごしん》を欠かすことのできないピープスの、青道心《あおどうしん》になった様など、およそ想像するだに痛ましい。だが大学は出たけれど、就職口が転がっている訳ではない。しようことなしに彼は遠縁に当たる海軍提督、クロムウェルの右腕といわれたサー・エドワード・モンタギュの家令のような仕事をするかたわら、ある大蔵省役人の私設秘書として、年五〇ポンドで雇われて、かつがつの暮らしを立てていた。

この不景気のさなか、大学卒業二年目の五五年、ピープスは一五歳の貧しいフランス娘と結婚するという大冒険をやってのけた。相手の名はエリザベス・サンミシェルといい、その父アレグザンダーはユグノー教徒の亡命者で、貴族の末流ながら無一文、ロンドンのユグノー派教会から恵まれる週四シリングの金を頼りに、逼塞《ひっそく》していた。彼はまったくの夢想家で、ソロモン王の金鉱の再開発などという、蜃気楼《しんきろう》のような計画に現《うつつ》を抜かす男だった。

ピープスとエリザベスとの出会いの事情は不明である。おそらくそれは一目で見染めた大恋愛だったことだろう。後にピープスは王女と妻とを比較して、「だが、二つ三つつけぼくろをして、いい身なりでそばに立っている妻のほうが、王女よりもずっと美人だとわたしには見えた」と書いているから、身贔屓《みびいき》は割引いても、エリザベスは不美人ではなかったらしい。だがそれにしても、この結婚はどう見ても世間智に叶ったものとは言いがたい。しかも日記の中のピープスは、およそロマンスとは無縁の、実に勘定高い男なのである。それが結婚という、得てして打算の伴いやすいことにおいて、このような無分別をあえてするとは、実に不思議である。おそらくピープスは、持てる限りのロマンス精神をこの結婚に注ぎこみ、後はもうその井戸が涸《か》れはてたのであろう。

新婚の二人の生活は貧しかった。サー・エドワードの邸内の間借り生活から始まって、やがてウェストミンスターはアクスヤードの路地裏にささやかな新居を営んだが、日記を書き始めて四日目に、「朝早く大家が半年分の家賃を取りにきた。けれど家になかったので、下男を付け馬にして役所へゆき、そこで払った。」これはどうやら公金の一時流用らしい。というのは、その五日後に同僚が訪ねてきて、「今日役所を休んだことがばれたぞ、明日は預り金を耳を揃えて出さねばならない」と言うので、ピープスは「どうやって現金を調達したものか困りはて、悩みながら床につき」、翌日サー・エドワードの岳父「クルー氏に泣きついて一〇ポンド借り、役所へ行って、やっと金を払うことができた」からである。

その間ピープスは、「家に焚《た》く石炭一つなく、たいそう冷えこむ日だったので、妻といっしょに父の家で食事しなければならなかった」し、「昼に家へ帰って妻と食事をしたが、豌豆《えんどう》の粥だけで他には何もない」有様のこともあった。友人三人と居酒屋に入って、「夜七時頃までいたが、懐に三ペンスしかなかったので、足が出ぬよう遣《や》り繰《く》り算段大変だった。でも、もしもっと金を持っていたら、他の連中と同様もっと使ったことだろう。だから、どうやら人間あまり懐に金を持ち歩かぬが得策なようだ」と悟る工合だった。

「明日の日」を待って

しかし、ピープスはけっして不平たらだら身の不遇を嘆いていた訳ではない。彼はその日その時を楽しむ術《すべ》を心得ていた。何人かの友人と酒場へ出かけ、「そこでありとあらゆる種類の歌を歌った。思い切って初見の歌を歌ってみたが、たいそううまくゆき、そのあと竪笛を吹いた。九時頃まで居坐ることになったのだが、大いに愉快にやり、次から次へ歌が出たため、そんなに遅くなったのだ……家へ帰ってずっと起きていると、夜回りが鈴を鳴らしながらやってきて、この文章を書いている窓のすぐ下で、『時刻は午前一時すぎ、冷えこみきつく、霜がおり、風が吹いとります』と呼ばわる」こともあった。

彼は日記の序の部分で、「わたし自身の個人的境遇はたいへん結構なもの。裕福と思われているが、その実まったく貧乏で、家財と勤め口の他には何もない。しかもその勤め口は今のところいささかあやふやなものである」と洒落《しゃれ》のめしているが、彼にはそれだけの自信があったのだ。「蛟龍《こうりょう》ついに池中の物ならず」と言われるが、ピープスはたとえ龍ではなくても、けっしてめだかではなく、大なまず程度までゆくことはたしかだろう。そして固い池の氷は解け、土《ど》膏《こう》の動き始める気配は、イギリス国内に満ち溢れていた。

ピューリタン革命から王政復古へ

一六四九年、国王チャールズ一世を処刑して、神の国を地上に実現せんと、高い理想を掲げて出発したイギリスのピューリタン革命も、ピープスが日記を書き始めた六〇年には、断末魔の時を迎えていた。五八年に偉大なる指導者オリヴァ・クロムウェルが死んだ後は、その息子リチャードに父親と同じ真摯《しんし》果断《かだん》の資性を期待するのは無理な話で、イギリスは定まった政治的指導者もなく、四分五裂の無政府状態に陥った。そうなると自然国民の目は、救世主を求めて、海の向うのヨーロッパに亡命中のチャールズ二世に向けられる。だが誰が火中の栗をあえて拾って、王政復古を実現してくれる

チャールズ二世の戴冠式(1661年，ウェストミンスター寺院)

のだろうか？　その頃はるか北のスコットランドに精鋭の軍隊を率いて駐屯《ちゅうとん》していたモンク将軍は、ロンドン市議会の要請を受け、ロンドンの治安回復のため、南下を始めた。彼の意図は何だろうか？　みずから第二のクロムウェルたらんとするのか？　それとも国民の総意を問う、自由にして完全な議会の選挙を行うのか？　そして、自由にして完全な議会が王政復古につながることは、明らかだった。

ピープスはこういう政治情勢の中で日記を書き始めた。有能な資質を内に秘めた二七歳の青年が、志を得ぬまま、ぶらぶら暮らしている。そこへ政治的大変動が起ころうとする。彼が心中「生けるしるしあり」と叫んで、日記の筆をとったとしても不思議ではない。そしてモンク将軍がロンドンに近づくにつれ、世論は地滑りを起こしたように、王政復古に傾いてゆく。こういう変化の記述など、ピープスの日記は、イギリス王政復古期政治史の重要資料の宝庫として珍重《ちんちょう》されているのだが、そういったことはその道の専門家にとって貴重であっても、われわれには多少煩《わずら》わしい。われわれに興味があるのは、ピープスその人の人柄と生活なのだから、今後そちらのことへの言及は、必要最少限に止《とど》めるよう心掛けよう。

出世のいとぐちをつかむ

しかしピープスにとって、サー・エドワード・モンタギュとの血縁《けつえん》関係はまことに幸運だった。というのは、サー・エドワードは機を見るに敏で、クロムウェルの死後早くも共和制に見切りをつけ、チャールズ二世とひそかに連絡を取りながら、田舎に引きこもって王政復古の機会を待っていたのである。もちろん一味同心のモンク将軍も、実権を握るとすぐ彼を海軍司令官に任命し、こと王政復古と決まると、彼はそのままチャールズ出迎えの艦隊司令官になったのである。

そしてピープスはサー・エドワードの秘書として、この航海に同行する。人間出世はしたいもの、こうなると酒場へ出かけても、友人たちの態度は掌《たなごころ》を返したように変る。「不思議なことに、今では皆わたしに何やかや〔旅仕度の品を〕約束してくれた。一人は剣をくれると言うし、また一人はワイン一樽かガウンかどちらかと言い、自分の顔を立てると思って、この銀色の帽子のリボンを受け取ってくれ、と言う。どうか神様、こういうことで頭《ず》が高くなったり、いい気になりすぎたりしませんように。」司令官秘書の役得収入も結構なものだった。「今朝ウェクスフォド号のジョールズ艦長がきた。彼のために殿様〔ピープスはサー・エドワードのことをこう呼んでいた〕から、その艦の指揮官としての任命辞令を手に入れてやった――そのお礼に昨日使いにもたせて寄越《よこ》した二〇シリングに加えて、合計五ポンド貰うことになった。」「今夜ベア号のウィルグラス艦長に任命辞令を作ってやった。これで三〇シリング。」「食後船室で勘定をする。貯金は一〇〇ポンドに近い。全能の神は褒むべきかな――予想以上に早かった。航海に出たときには、家と家財の外には、二五ポンドもなかったと思うから。」

〝大樹〟はサンドイッチ伯爵

こうしてピープスは官費でオランダ見物をし、チャールズ二世といっしょにイギリスへ帰ってくる。王政復古の大事業はこれで成就《じょうじゅ》した。そうなると、次は論功行賞である。サー・エドワードはガーター勲章を授けられ、官職の中でも一番実入りのよい国王衣裳室長の職を得、サンドイッチ伯爵の称号を頂戴《ちょうだい》する。ちなみに言うと、サンドイッチは英仏海峡に面する港町の名である。このの ち第三代目の伯爵が何よりの賭《と》博《ばく》ずき、トランプ遊びに夢中になって、パンにハムをはさんだもので飢《う》えをしのいだから、それ以後この食品をサンドイッチと呼ぶようになった。主人がこうも出世すると、当然おこぼれが家来に回ってくる。それにサンドイッチ伯はピープスに、「少し気を長く持とうではないか。おれたちはいっしょに出世するんだからな。それまでの間、わしはおまえのためにできるだけのことをしてやる」と、優渥《ゆうあく》なるお言葉を賜《たまわ》っていたのである。待てば海路の日和とか、しばらくすると海軍省書記官にという話がある。だが競争相手は沢山いるし、正式候補者となるまでには、いろいろ有力者の面接も受けなければならない。やきもきしながら、こういう難関を突破し、いよいよ正式手続きというところになって、革命前にこの職を保有していたバーロウという男がまだ生きており、自分の権利を主張してロンドンにやってくるという話が耳に入る。こうなると時間との競争である。バーロウの異議が提出されるまでに、ピープスは任命辞令を手に入れ、既成事実を作ってしまわなければならないのだ。

やっとのことで書記官就任

一六六〇年七月一〇日から四日間、ピープスは書類を抱え、相当の金を懐中に、役所の間を東奔西走する。繁文縟礼《はんぶんじょくれい》の官僚機構の歯車は、馬力をかけないと回らないし、金の潤滑油も必要である。一七世紀のイギリスで一人の官吏が正式任命されるまでにどんな手続きが必要だったか、そんなことを書きつらねるのは、二〇世紀の日本では、およそ閑文字《かんもじ》の最たるものだろう。だが、ピープスの努力は、それにもかかわらず、記録に値する。彼が海軍省書記官となることは、すでに国王の承認ずみだった。だが、それは口頭のこと、効力が発生するには、正式文書を作らなければならない。それには、まず法務長官の認可書を手に入れ、これに国王の署名と私璽《しじ》を貰い、それを基にして大法官事務局で正式文書の作成を願い、それをそこに登録しなければならないのだ。ピープスも私璽を貰うところまでは順調だった。だが、認可書をもって大法官事務局へ行くと、そこのビールという事務員がつむじを曲げた。「大法官事務局流の筆跡で書く暇がない」と言うのだ。この筆跡がいかなるものか、それを言葉で説明するのは至難の業である。とりあえずわが国の勘亭流《かんていりゅう》とでもご承知願いたい。それでピープスは勘亭流を能《よ》くする代書屋を探して「あちこち走り回り……絶望したが……夜の一一時になって、大いなる天祐《てんゆう》と言うべきか」、やっと一人を見つけ、是非明朝までにと頼みこんで家に帰る。翌朝八時に出かけてみると、なんと最初の一行しか書けていないではないか！　それをせき立て、せき立て、やっと書き上がったものを大法官事務局へ提出し、受付証印を捺《お》してもらう。だが、それで万事が終った訳ではない。この文書を基にその抜粋書の作成を願って、それに今度は国璽《こくじ》を貰わなければならないのだ。それでまたまたビール氏のところへ参上すると、「彼はたいそうご機嫌ななめで、抜粋書を作りたがらない。そして勘亭流の書き方がまずいとけちをつけるのだ(実は彼ではなく他の人に書いてもらったからなのだ)。でもいろいろ頼みこんでいるうちに」、ビール氏も承知してくれて、「出来上がったので金貨二枚を渡すと、その後は、奇妙なことに、すっかり丁寧になり、愛想がよくなった。」これからまだ国璽捺印《なついん》の手続きがあるのだが、その間にピープスは、「いったん家に帰り、妻といっしょに少し金をもってロンドンへ出て、ビール氏に合計九ポンド払い、任命辞令を受け取り、馬車の中に待たしていた妻のところへ戻って、辞令を渡した。彼女は大喜びした。」これでピープスは正式に海軍省書記官となったのだが、数日後にこの騒ぎを振り返り、彼は日記に書いている。「任命辞令には大変な金がかかった。およそ四〇ポンドほど――今のところ心がたいそう悩むのは、このことだけだ」と。

この後ピープスは、自分の俸給の中から年一〇〇ポンド支払うことで、バーロウ氏の権利を買い取る。以後四年半この一〇〇ポンドを払い続けて、バーロウ氏死亡の報に接した時、ピープスは次のような感想を書きつけている。「このことに関しては、神よ、わたしの心をご照覧あれ、わたしは、他人が死んで年一〇〇ポンド儲《もう》かる人間として可能な限り、気の毒に思った――彼はたいへん正直者だったから。でも、考えてみると、これによって思いもかけず、さらに年一〇〇ポンドの収入をお与え下さった神のご摂理《せつり》を思うと、神を讃えなければならないし、また心の底からそうしているのだ。」

小成に安んずべからず

ピープスが海軍省書記官の職を得そうだという噂が広まると、いろいろの人がその地位を現金で買い取ろうと申し出てくる。なにしろこれは、商船の出航許可や護衛など、単なる軍事以外に、商売にも関係の深い事柄を扱う職だったのだ。

「ウォッツ氏という商人がやってきて、五〇〇ポンド出すから書記官の地位を譲らないかと言ってきた。神よ、この点いかにすべきか、導き給え。」「今夜マン氏が書記官の職に一〇〇〇ポンド出そうと言った。よだれの出そうな思いだったが、殿様に話して承諾を得るまではと、応じないでおいた。」一〇〇〇ポンドと言えば大金、書記官の給料の三年分である。それだけあれば、後は利子だけでものんびり暮らせそうだ。ピープスが垂涎《すいぜん》三尺の思いをしたのも無理はない。だがサンドイッチ卿に相談してみると、卿はおっしゃった。「人間、金持になるのは、給料のおかげじゃない。その地位にいる間にやってくる、金儲けのチャンスによる」と。以後ピープスはこの教訓を拳々服膺《けんけんふくよう》し、大いに金を貯め、サンドイッチ卿の言葉の真実であることをしみじみと悟るのである。

II　ピープス氏、有封《うけ》に入る　一六六一年

居酒屋

「わたしはたいそう結構な、とんとん拍子の身の上にある。」

それもそのはず、海軍省書記官ともなると、ロンドンの東端、ロンドン塔近くの海軍省構内に官舎が用意され、給料は以前の七倍の三五〇ポンド、しかも仕事はたいしたことはない。出勤は週三日、月水金の午前中だけ。午後は宮廷、議会、交易所をぶらついて情報を仕入れ、芝居を見、酒を飲んで、家に帰る。これで文句があれば、お天道《てんとう》さまが怒り出すだろう。

書記官の生活風景

住居が役所の中だから通勤の苦労はまったくない。外出の時には海軍省御用の艀《はしけ》が待っている。ピープスはたいていこれでテムズ河を溯《さかのぼ》り、ウェストミンスターのホワイトホール宮に向かう。陸路ロンドン市内を通るのは、中世以来の狭い道路で交通渋滞に会うから、得策ではない。一時間半車の中で待った後、諦《あきら》めて居酒屋で暇を潰すうちに、自分の馬車を見失ってしまったという記事もある。当時テムズ河にかかっているのは、建物を上にのっけた古いロンドン橋だけ。その太い橋脚の間の狭い水路は、潮の満ちひきの度ごとに奔流《ほんりゅう》となり、そこをボートで通るスリルも道中の楽しみの一つだった。

当時は朝食抜きの一日二食が普通で、ピープスもその例にならっていた。しかし知人に出会うと、「朝の一杯」と称して居酒屋へ行き、ジョッキを傾ける。正午に家に帰って午餐《ごさん》をとり、夜おそく夜食をして就寝、これが通例で、「正午帰宅して食事」(at noon home to dinner)、「そして就寝」(and so to bed)という言葉が、判を捺したように日記の中でくり返される。

休日はパートで

サンドイッチ伯は、海軍省の他に、もう一つ割りのいいアルバイトを周旋してくれた。それは国王私璽局の事務である。王政復古の新体制発足後間もないこととて、政府内のいろいろの役職の任命辞令を次から次へと発行しなければならず、そしてまた共和制時代に公職についていた者は、恩赦を願い出て、国王に忠誠を誓わなければならない。これらの書類は皆かならず国王私璽局を通過する。そしてそれには、ピープス自身も経験したように、手数料が必要である。このうま味のある地位を、サンドイッチ伯が見逃すはずはない。彼はみずからこの事務官を兼任する。しかし伯爵様が汗水垂らして書類にハンコをつく訳もなく、実務は皆ピープスたちが引き受ける。しかし収入は莫大である。それをすべて、サンドイッチ伯とピープスを含めた四人の下働きが山分けする。「午後ずっと詰めていて、昨日と今日の分として、約四〇ポンド受け取った。偶然にもこの利益を与え給うた神の恵みのゆえに、心は喜んだ――この四〇ポンドのうち、およそ一〇ポンドは今日一日の仕事の分として、わたしの懐に入るはずだ。」

万事がこう調子よく進むから、ついつい羽根を伸ばすことも多くなる。「鉄箍亭《ザ・フープ》へ行き、（先の約束どおり）チャプリン氏を迎えにやった。彼はニック・オズボンのほかにダニエルという男をつれてやってきた。そこでわれわれはワイン二、三クォートを空にした。大変うまい酒だった。そしてくるみを二〇〇個以上平らげた。」もちろん宿酔《ふつかよい》の記事も事を欠かない。「昨晩の酒のために頭の工合はあまり良くないし、体の調子も悪い——実に愚かなことをしたものだ——妻と二人きりで羊の腿肉《ももにく》の食事に向かったが、ソースが甘口だったため、腹が立って、一口も食べなかった。」「昨夜の放蕩《ほうとう》のために頭が痛い。午前中ずっと役所に出ていた。昼にバッテンおよびペンの両サー・ウィリアムといっしょに食事をした。彼らは宿酔を治してやるから、白ワインを二杯たっぷり飲めと言う——奇妙なことと思ったけれど、効き目はあったと思う。」

官舎へ引っ越すと、これまで住んでいた家の借家権を仕末しなければならない。あれこれ買主を探すうち、知人の家を訪ねると、そこの息子が近々航海に出るという。

官費で普請道楽も

それでは前祝いにとピープスは酒を振舞う。「飲んでいるうちに、そこの娘がいやに愛嬌《あいきょう》を見せ、親切になり始めた。どうやらこの娘はあまりお行儀がよくないらしい。」そして二日後、世の中には偶然ということがあるもので、「アクスヤードの家に行き、そこの戸口に立っていると、ダイアナ嬢〔先の娘〕がやってきた。家の二階へ連れこみ、長い間戯《たわむ》れた。そしてラテン語にいう『娘子未嘗拒《ヌラ・フイリア・ネガツト》』ということを知った。」その翌日ピープスは、「夕方、妻が少しいらいらしていたので、いっしょに真珠のネックレスを買いに行った。値段は四ポンド一〇シリング——これくらいのことなら喜んで承知する。妻の励みにもなるし、最近金が入ったからだ。今では現金二〇〇ポンド以上貯まっている。」罪の潜在意識などという複雑な心理は、当時まだ未開発だったのだと思う。そしてピープスは一週間後この家を売り払った。

こうして官舎に落ち着くと、内装工事が始まり、ピープスは官費で普請《ふしん》道楽の味を覚える。「今日は一日何も食べずに職人たちといっしょに家にいた。仕事が進むさまを見ているのはまことに楽しい。」「妻がせっついたので、上に上がって食事をしたが、心は工事のことにかかりっ放し。職人たちといっしょにいて、仕事が思いどおり進むところを見届けないと気が済まないのだ。わたしが現場にいないと、どうもうまくゆかんのだ。」「午後ずっと、夜の一〇時か一一時まで、職人たちといっしょにいた。そして酒を出し、彼らを相手に愉快にやった。わたしは運がいいのか、どんなときにも剽軽《ひょうきん》な職人に当たるのだ。」一日公務で外出していても、「馬車で帰宅——今日一日の職人の仕事を検分した後、床につく」のである。そして工事が完成したときの喜びは大きい。「一日家にいて、左官屋の汚い仕事にけりをつけた。台所も今では実に立派になった。こう出来上がってみると、これまでの苦労も無駄ではない。」

ただ気になるのは費用である。建物本体の工事は官費ながら、調度品は自前になる。「家具のためにこの家にはずいぶん金をかけたので、一〇〇ポンドの袋の口を開けねば乗り切れないのではないかと思う。まだ、あらいざらい数えて二〇〇ポンドしかない身の上だのに。」「月末にあたって、心はたいへん重い……最近出費が多かったからだ。」が、しばらくすると海軍省書記官の最初の四半期分の俸給が届く。「これで心たいそう喜び、大出費の後こんなに早く、かくも突然、思い設けぬ給料の支払いをもたらし給うた全能の神を讃美している。」

上役そしてご同役

ところで、海軍省の内部はどうなっていたのか、ピープスと同僚の関係も述べておかなければならない。王政復古以後は、チャールズ二世の弟、ヨーク公ジェームズが、海軍大臣として軍務と事務を統率していたが、ピープスの書記官職は、もちろんその事務部門に属し、七人の高等官の末席だった。出納長サー・G・カーテレットを筆頭に、艦政部長スリングズビー卿、監督官サー・ウィリアム・バッテン、三人の弁務官サー・P・ペット、ブラウンカー卿、サー・ウィリアム・ペン、そして最後は庶務万端を取りしきる書記官ピープス氏、そのほかにヨーク公ジェームズの秘書として睨《にら》みを利かすW・コヴェントリ氏。これらの名前はこの後何度か出てくるので、煩《はん》をいとわず列挙することとした。七人のうち二人は貴族、四人は勲爵士《ナイト》、皆海軍での長い経歴をもっていた。さらに註釈を加えると、このサー・ウィリアム・ペンは、アメリカはペンシルヴァニア州の創始者、クェーカー教徒の大立者、ウィリアム・ペンの父親である。その中でただ一人氏《うじ》もなく、しかも人もさげすむ仕立屋の息子で、海軍のことなど何一つ知らぬピープスには、最初劣等感を抱く機会も少なくなかったに違いないが、そこをめげずに頑張り抜いたのは、やはりピープスの人柄だろう。「役所へ戻ってみると、サー・G・カーテレットが、一、二日前、高等官を何人か今日食事に招待していることが分かった。それで昼になって、彼がやってくると聞いたとき、わたしは外出した。いっしょに来いと呼びにくるかどうか試してみたかったからだ。でも呼びにこなかった。どうしてそうなったのか、分かるまでは、ちょっと気がかりである。」時には明らかに挑戦と受け取れることもある。「馬車で役所へ帰って、両サー・ウィリアムの顔を見ると腹が立った。二人ともわたしがちょっと外出していたことをあげつらい、書記がいなくちゃ会議も開けないと言うのだ。これにはわたしも中っ腹になった。この連中には、明らかに、少しよそよそしくして、へこへこしたりしないようにしなくてはならない。うっかりすると五分につき合うこともできなくなる。」

向う三軒両隣

それでも同僚は人生の渡し船の相客である。狭い船内で派手な立ち回りなどできる訳もない。「サー・ウィリアム・ペンと長い間いろいろ話をした。どうやらわが同僚たちは、誰もおたがい相手のことなどあまり思ってないようだ。だがわたしはできるだけ皆と調子を合わせるようつとめてゆく。」だけど、同じ官舎に鼻突き合わせて暮らしていると、揉《も》めごとも自然起こってくる。「妻は今朝バッテン令夫人とやり合って、気を悪くしている。わたしのところの給仕がバッテン令夫人の家へ行き、女中の諒解を得て水道栓をひねったところ、令夫人がたいそうお冠《かんむり》になって、おまえのところの奥さんに作法を教えてやるといきまいた。それで妻は聞こえよがしに、あんな女から教わる作法などあまりない、と大声にやり返したという。」「サー・W・バッテンと少し庭を散歩し、彼の夫人とわたしの妻の間の昨日のいさかいについて話をした。どうやらわたしの妻のほうが悪かったらしい。」

こういうせせこましい暮らしの中で、ピープスは向う三軒両隣の同僚たちと、病気見舞を交換し、食事に招き招かれ、酒を汲み交わし、友好関係を保ちながら、日記の中に彼らの悪口を猛烈に書きつらねる。「サー・W・ペンはどんな時にも進んでわたしと仲良くしようとする。だが、わたしたちはおたがい憎み合っているのだ。両方ともそうと知っているのだ。」「サー・W・ペンの家へ食事に招かれた。これは娘の結婚披露宴の代わりだ。彼女の衣裳は貧相で、新しい物といったら、婿殿から貰った腕輪しかない。おまけに申し分ないほど不器量だ。料理もしょぼくれていて、パリッとしたもの、清潔なものといったら、わたしの家から借りていった銀の皿だけだ……家に帰って夜食をして床についた——妻を相手に、サー・W・ペンや近所の人たちのすることは、わたしたちのしていることに比べると、まことに貧相でけちだと話し合った。」「誰かが航海に出かけたり、サー・W・バッテンのお世話になると、かならず付届《つけとどけ》が要る。世間衆知の事実なのだが、あの女房は尻軽女で、結婚して間もなく彼の戸口に間男されてるぞと投書があった。」「海軍の腐敗ぶりは種々様々、調べ出したら切りがない——サー・W・

バッテンのような奴がいて、正直者の意気を沮喪《そそう》させる限りはなおさらだ。」サー・W・ペンが長旅に出るときにも、「わたしは(神よ、許し給え)留守中できるだけのことはする、あなたのことを思っていると約束した。けれどこの悪党、わたしからそんな扱いを受けるはずはないと知っているのだ。それにわたしだってそんなことはしてやるつもりもない。だが、彼がわたしに猫をかぶるから、わたしも彼にそうしなければならないのだ。」それでいてピープスは概嘆《がいたん》する。「おお善なる神よ、これは何という時世、何という世の中だろうか！人間一人、裏表なく、猫かぶりなしで生きてゆくことができないとは！」

出世の実感　だが出世には、こういうやるせない人間関係を補って余りある楽しみがある。ピープスはデトフォドの工廠《こうしょう》へ出張する。「自分の地位がどんなに権威あるものか、はじめて知った。艦隊の艦長たちが皆、帽子を脱いでわたしたちのところへやってくるのだ……そしてまったくお殿様のように宿へ迎えられ、実にうやうやしい、礼を尽くしたもてなしを受けたので、どう振舞っていいやら面くらいそうになった。」教会に入ると、「田舎の人は皆実にうやうやしく立ち上がった。説教を始める時にも、牧師は『高等官閣下ならびに愛する信者の皆さん』と切り出した。」絹織商会館へ会議に出かける。「この場所へ今の身分でくるのはたいそう嬉しいことだ。ここは昔、聖ポールズ大寺院附属学校の大学進学奨学生試験を受けた場所なのだ。それにまた会議では、サー・G・ダウニング(わたしの以前の主人)が議長だった。

だからわたしと対等の立場なのだ。」だが、そのうちだんだん出世が板につくと、鷹揚《おうよう》な身振りも自然に出てくる。「ここに滞在している間ずっと、自分がどれほど皆の人から尊敬され、うやまわれているかを目にして、たいへん楽しかった。こう丁重《ていちょう》に扱われて、どう応対したらいいか、そのこつがどうにか分かり始めた。最初の頃はどうしていいやら見当もつかなかったのだが。」

当時男性の身分は、貴族は別として、中世以来の伝統にしたがって三種類に区別されていた。上から順に言って、ナイト、エスクァイア、ジェントルマンであり、これを名前の後につけて身分表示としたのである。ピープスは海軍省書記官になることで、ジェントルマンからエスクァイアに昇格した。「わたし宛にも一通手紙がきていた。ブラックバーン氏からのもので、彼は手ずからサミュエル・ピープス、エスクァイアと表書きしていた。これにはたしかに少なからず鼻の高い思いをした。」だが謙虚なピープスはそんな区別に固執はしない。「今日の午後二人の男がそれぞれ帳簿を手に、人頭税《にんとうぜい》を徴収にきた。帳簿を覗《のぞ》いてみると、わたしのことは、『サミュエル・ピープス、ジェントルマン、税額本人一〇シリング、召使二シリング』と書いてあった。わたしは早速文句も言わずにそれを払った。これくらいでは放免になるまいと思い、ずっと前から一〇ポンド用意していたのだ。でも、わざわざこちらから身分を明かす必要もないだろう。」エスクァイアの税は一人一〇ポンド、ジェントルマンの二〇倍だったのである。

六一年一月、ピューリタン過激派四〇人が暴動を起こした。ピープスは、早朝騒ぎに目をさまし、外へ出てみると、近所のご亭主たちは皆武装して、おのが戸口を警護しているではないか。「それでわたしは」と、ピープスは言う。「取って返し(とはいえ勇気は全然なかったのだが、こわがっていると見られてはならないので)、刀とピストル(詰める火薬はなかったけれど)を持って、戸口へ出た。」だが、ピストルに火薬がなかっただけではない。刀も赤鰯《あかいわし》だったようである。なぜなら二、三週間後にピープスは、この刀を研ぎに出しているからである。そしてその数日後には、「今日から外套に刀を吊って外出することにした。近頃紳士の間ではこれが流行なのだ。」

何か足りないものがある

出世があまりとんとん拍子だったため、将来についての不安は逆に大きい。何かまたどえらい社会的変化が起こって、一切が帳消しになるのではないだろうか？　ピープスは子供の時チャールズ一世の処刑を目撃している。「昔の学校友だちのクリスマス氏は、わたしが子供の頃たいへんな過激派だったことを覚えていた。国王が首を刎《は》ねられた日にわたしが言った言葉(もしわたしがチャールズを題材に説教するとしたら、この聖句を引用しよう、『悪者の名は朽ちはてる』)を思い出すのではないかと冷やひやした。だが後になって分かったのだけれど、彼はそれより以前に退学していたのだ。」そして今度はピープスはチャールズ処刑責任者の処刑を目撃することになる。「かくしてわたしは偶然にも、国王がホワイトホール宮で首を刎ねられるのを見、国王の血に対する復讐の最初の血がチャリング・クロスで流されるのを目にすることになったのだ。」一度あることは三度ある。「今日絞首刑吏が、議会の決議に基づいて、二つの法律を燃やすところを見た。一つは共和制制定のもので、もう一つは何だったか忘れた。そのことでやはり今度の変革の大きさを考えさせられた。人びとは明日何を仕出かすことだろう？　今日は利益のため、不安のために、いろいろのことを約束し、実行しているけれど。」「来月議会が開かれたら、面倒が起こり、国王が役職や金をどう処置したかを追及して、なかなか閉会にならないだろうという。そうだとすると、また何から何までごたごたになるのではないだろうか。」「神よ、身の転変に処する心構えをなさしめ給え。」となると、「地獄の沙汰も」と言うとおり、頼りになるのは金である。それでピープスは生命の次に金を大事にする。金は彼にとってほとんど強迫観念的魅惑をもつにいたるのだが、それは次の章の話題である。

敬虔なキリスト教徒か

ところで、ピープスの日記には、いたるところに「主は褒むべきかな」とか、「神よ、許し給え」などという言葉が用いられている。この点、一見彼はきわめて敬虔《けいけん》なキリスト教徒のように見えるが、それは誤解である。これらの言葉は単なる合いの手、拍子取りぐらいの意味しかもたない。せいぜいのところで、これらの「神」とか「主」という言葉は、彼の成功や愚行を許容あるいは静観している想像上の他者、つきつめれば彼自身、を指すほどのものにすぎず、熱烈なる崇敬《すうけい》をこめて鑽仰《さんぎょう》される人格神ではけっしてない。もちろん彼は、瀆神《とくしん》の行為をひけらかし、不敬の言辞を撒き散らすことによって、自分の立場を宣明する型の無神論者ではなかった。そして彼はかなり規則正しく日曜日の礼拝に出席する。しかしそれはもっぱら世間態のためだった。ピープスはあるときサンドイッチ伯と宗教を論じ、「この点については、彼はわたしと同様まったく懐疑的である」ことを知る。

その彼には殉教の熱情など理解はできない。国教遵奉拒否のゆえに逮捕されたクェーカー教徒を見ても、彼の心にはこんな感興しか浮かばないのだ。「数人のあわれな男が、非合法礼拝に出席した廉《かど》で、巡査に引っぱられて行った。羊のように、何の抵抗もなしに連れられてゆく。国教に帰順するか、それとももっと賢く立回って、捕まらぬようにすればいいのに。」彼は礼拝の中の超自然的含蓄をもつ部分には興味を示さない。「午前中教会へ行った。そして両サー・ウィリアムが聖餐《せいさん》を受けるのを残して、家に帰った。」生まれてこのかた、ケンブリッジにいたときの一、二回を除いて、これを怠ってきたので気が咎《とが》める。」興味があるのは説教だけ、それも演説会を鑑賞するに近い態度で聞くのである。「起床、妻といっしょに教会へ行く。ミルズ氏が原罪について無用の説教をした。自分にも分かっていないし、聴衆にも分からないのだ。」「たいへん嬉しいことに、フランプトン氏が説教壇に登った。そして大いに喜んでその説教を聞いた。思うに内容の良さ――雄弁――気取りや技巧のない点――など、これまで聞いた中で第一級の説教である。」「教会へ戻ってギフォド氏の良い説教を聞いた……たいへん秀れた、説得力のある、良い、道徳的な説教で、賢明な男との評判に悖《もと》らず、正義は、金持になるのに、罪や非行よりも確実な道徳的方法であることを論証した。」ピープスの愛読書はベーコンの『蓄財論』であり、彼はキリスト教に現世《げんぜ》の利益《りやく》を求めるのである。プロテスタンティズムの倫理と資本主義の精神の連携は、明らかにここにその萌芽を示している。説教が面白くないときには、「今朝は礼拝が終るまで、一つの教会からまたもう一つの教会へと歩き回り、ここでちょっと、あそこでちょっと聞きながら、時間を潰」すこともあったし、「慰みに望遠鏡で教会の中をあちらこちら見渡し、たいへん美人の女性をたくさん眺め、見つめることで大いに楽しんだ。そういうことをしたり、居眠りをしたりして、説教が終るまでの時間を過ご」すこともあった。

非凡の想像力

説教の最中の痴漢的行動のことはすでに述べた。だがそれを上回るような行為の記録も残っている。時は六七年のクリスマス・イヴである。ピープスはカトリックの歌ミサを見物に行く。「ここでわたしは、ある綺麗な女性に見惚れながら、目を開けたまま、ただ想像力だけで、わたし自身にあのことをなさしめた。これはこれまで一度もした覚えのないことだ——そして神よ、許し給え、教会の中だったのだから。」スペイン語、フランス語をまじえた記述である。これに類した記録が他の人の場合に存在するのか、またこのような行為がはたして可能なのか、わたしは知らない。あえて書きしるしておく理由である。ピープスは「これはこれまで一度もした覚えがない」と書いているが、同種の記述がもう一つ残っている。六五年一二月一六日、場所はテムズ河に浮かんだボートの中である。とにかくピープスはまこと非凡な想像力の持主だったのだ。

Ⅲ　ピープス氏、生活の改善を図る　一六六二年

カースルメーン伯爵夫人（バーバラ・ヴィリアーズ）

「一番いけないのは、最近芝居を見に行ったり、金を使ったり、快楽に耽りすぎることだ。そのために仕事を忘れてしまう。これは努力して直すようにしなければならない。」

頽廃のなかの宮廷

王政復古期のイギリス宮廷の風儀の頽廃《たいはい》は有名な事実である。チャールズ二世とその愛妾カースルメーン伯爵夫人を中心とした、貴顕男女の乱舞の様は、華麗を通り越して醜怪である。ピープスもその噂の聞き書きを多く残している。「国王は少なくとも週に四、五回カースルメーン伯爵夫人と夜食をする。そしてたいてい朝まで彼女といっしょにいて、一人こっそり庭を通って帰る。だから守衛でさえ気がついて噂をしている。つい一月ほど前、カースルメーン伯爵夫人はジェラード卿邸の晩餐会で産気づき、もうわたしはだめだと叫んだ。居並ぶ貴族や男性たちは部屋を出て、彼女の介抱に女たちを呼び入れた。要するに宮廷では上から下まで猥褻《わいせつ》以外ほとんど何もないらしい。」「ピカリング氏は宮廷の悪徳について明らさまな話をし、そこでは梅毒は当り前のことだと言う。いたるところで耳にするのだが、その病気は物を食ったり、悪態をついたりするのと同じくらいありふれたことなのだ。」

「カーネギー卿は、夫人とヨーク公とが国王帰国に際してあまりに懇意《こんい》になりすぎているのを知り、彼女の口から公が彼の名誉を汚したことを聞き出した。そこで彼は夫人にそのままを続けさせておいて、彼自身は見つかる限りの一番汚らわしい売春婦のところへ行き、梅毒をうつしてもらった。そしてそれをわざと夫人にうつし、それをさらにヨーク公にうつすよう妻を説得し、脅迫した。彼女は言いつけにしたがい、公はそれを公爵夫人にうつした。だから公爵夫人の子供は皆病身で虚弱である――こんな邪悪無残な復讐《ふくしゅう》の話など初耳だ。」「国王は快楽に目がなく、仕事となると見るのも厭《いや》、考えるのも厭なのだ。カースルメーン伯爵夫人は国王を鼻面取って引き回している。彼女は快楽を与えるために実行すべき、アレティーノの四八手を皆心得ているという話だ。しかもこのことに関しては国王はあまりにも有能、大きな――の持主なのだ。イタリアの諺にも言うではないか。『印形屹立而不欲忠言《カツオ・ドリツト・ノン・ヴォルト・コンシリオ》』と。もしまじめな大臣が国王に忠告し、彼のためになり、名誉になることをさせようとすると、もう一方、つまり彼の快楽の参謀たちは、国王がカースルメーン伯爵夫人と同座して、快楽の気分になっているところを見計らい、あんな老いぼれや、これまで国王の大敵だった大臣の忠告など聞いてはいかんと言う。だが神様もご存じのとおり、今日国王の名誉を思っているのは、これらの人たちなのだ。」

まことに無慙《むざん》な話である。イギリスの王政復古期は、旧来の封建制と将来の近代的市民社会の間の過渡期だった。若手貴族たちは、隠忍自重《いんにんじちょう》を強いられた共和制時代の反動からか、あるいはみずからの亡びゆくべき運命を予感したのか、チャールズ二世とカースルメーン伯爵夫人を先頭に押し立てて、最後に一花咲かせようと派手に立ち回った。王政復古期イギリス宮廷の淫靡《いんび》、放肆《ほうし》、頽廃の様は、没落寸前の封建体制が咲かせた最後の徒花《あだばな》、今や消えゆこうとするその蠟燭《ろうそく》のいまわの光輝だったのだ。なぜなら、門地血統を誇って、三拍子揃った豪放放縦《ほうしょう》の生活をひけらかすことほど、封建的生活態度を端的に表わすものはないのだから。

市民的節制か封建的放縦か

ピープスも市民的節制と封建的放縦の谷間に立ち迷う。ご存じシェークスピアの芝居に『十二夜』というまことに楽しい喜劇がある。その登場人物の一人サー・トービ・ベルチは、朝から晩まで酒びたり、女好きで、無責任な大法螺《おおぼら》吹きという封建人の典型である。そしてもう一人、しんねりむっつり行い澄ました偽善家のマルヴォリオは、市民社会を代表する。そしてピープスはこの二人の間にあって四分六あるいは七三で後者に傾く人間だった。

ピープスは快楽に後髪《うしろがみ》を引かれながら、節制の美徳に生きようとする。彼の生活はいわばこの二つの力の間の綱引きのようなもので、心臓の鼓動と同様、緊張と弛緩が相交互する。しかもこの二つの局面のいずれも長続きせず、彼の気持は猫の目のように変るのだ。「最近すっかり浪費と快楽の癖がついたことを思い、心が悩む……神よ、どうか今から仕事熱心になれるよう、お恵みを垂れ給え。」だがこの発心《ほっしん》も、翌日誘惑の前に日向《ひなた》の雪だるまのように溶けてしまう。「朝私璽局へ出かけたが、局長はご出勤でない。それからモリス艦長に出会い、彼の所望で内膳局司厨長《しちゅうちょう》セア氏を訪ね、朝食にうまい牛肉を一切れか二切れご馳走になった。次に酒蔵へ連れて行ってもらい、そこでまことに愉快にやり、ついつい度を過ごしてしまった――その間セア氏にはことのほかお世話になった。だが飲み過ぎたため、仕事などできる訳もなく、昼になって外出し、ウェストミンスター会館をしばらく冷やかした後、ソールズベリ・コートの芝居小屋へ行った……つまらぬ芝居で演技もまずかったが、運よく、とても美人でとても上品なご婦人の隣に坐れたので、大いに満足した。」

伯父の死を〝哀悼〟する

海軍省書記官に出世して以来、うきうきと暮らしていたピープスが、これではいかんと自粛の気持を起こすようになった最初の契機は、父方の伯父《おじ》の死であった。この伯父には跡取り《あとと》がなく、幼いときから目をかけていたサミュエルを相続人に指定していたのである。「今朝わざわざ使いが知らせをもって来て起こされた。ロバート伯父さんが死んだのだ――昨日のことだ。それで起床したが、ある点では気の毒に思い、また別の点では遺産相続の見込みを嬉しく思った……遺言書が見たくてたまらなかったが、翌日まで見せろと言わずにおいた。」ロンドンからずっと北の田舎、ハンティンドンシャ州のブランプトンという村にあるこの伯父の財産は、しかし、二度目の結婚で嫁入りしてきた妻の持参金だった。だから、この妻の先夫との間にできた子供たちが当然異議を唱え、訴訟を起こしてきた。この問題を首尾よく解決しないでは、枕を高くして眠れない。伯父の葬儀を終えてロンドンに帰る日、ピープスは書いている。「今週のはじめ、この一週間は酒を飲まないと自分自身に誓いを立てた(仕事に気を配ることができなくなるからだ)が、今朝意に反してそれを破ったので、たいそう心が悩む――だが神様もお許し下さるだろう。」「リンカンズ・イン・フィールズを通ったところ、オペラ座に新しく『十二夜』がかかっていて、国王がお出ましだと分かった。そこで意に反し、決心に背いて、中に入らずにはおられなかった。そのため芝居もまるで重い荷物のようで、全然楽しむことができなかった。はねた後、出かけたことをくやみながら家に帰った。妻に向かっておまえといっしょでない限り芝居には行かないと誓った後だからだ。そういう訳で、このことや伯父の財産に関し万事ぐれはまなことなど、たいそう心が悩むのである。」

禁酒・禁劇の誓いをたてる

だが、事はなけなしの伯父の遺産ばかりではない。無一文の平民ピープスがこの世で成功するには、自分で努力し、せっせと金を貯めるより他に道はない。

「わたし自身の場合、手柄もなしに偶然世に出たが、今の地位を保っていられるのはただ勤勉のおかげだ。怠け者の人間ばかりの中で暮らしているのだから、今後もそれは変らないだろう。勤勉な人間は必要になるのだ。怠け者は勤勉な人間がいないと生きてゆけないのだから。」そのためには酒と芝居は慎《つつし》まなければならない。この二つは時間と金を食い、勤労意欲を減退させる最悪の敵なのだ。だからピープスはそれを断とうと思う。「芝居と酒を慎しむことについて、新しく厳かな誓いを立てた。それを文字どおり守る決心である。だからそれを書き控えておいた。」そして彼はこの誓いを毎日曜日朗読する。「朝のうち誓いを読み返した。前の日曜日には病気のためにできなかったのだが、それは忘れたのでもなければ、怠慢だった訳でもない。だから罰金を払わなくても、誓いを破ったことにはならないと思う。」

こういう誓いは、新学期の勉強同様、最初だけうまくゆく。「神に感謝を！　酒を飲むのを止《や》めて以来、体の工合はずっといいし、仕事にも熱心になり、金も使わなくなったし、つまらぬ付き合いで時間を損することもなくなった。」けれどしばらくすると、「止むを得ず酒を飲んだ。酒が切れて気分が悪かったのだ。あまり急に禁酒したため、多くの災《わざわ》いを身に招いていると思い当たる節がある。」そこでピープスは誓いを修正する。「役所へ帰って、次の聖霊降臨祭までは、どんなことがあっても、一度の食事に一杯以上の酒は飲まないと約束した。」それでもピープスは誓いの「文字どおり」の解釈に抜け穴を見つけてくる。ロンドン市長就任祝宴で、「酒が出て、他の連中は飲んだけれど、わたしはただヒポクラスを少し飲んだだけだ。これでは誓いを破ったことにはならない。ヒポクラスは、現在わたしの判断し得る限りでは、まぜ合わせて作った飲料にすぎず、酒ではないからだ。もし間違っていたら、神よ、許し給え！　でも間違ってはいないと希望するし、そのはずもないと思っている。」辞書を引いてみると、ヒポクラスとはワインをベースに砂糖と香料を加えたもの、とある。
ピープスの酒量は、「今日ワインをたった二杯飲んだだけだが、一晩中頭が痛み、明くる日一日気分がすぐれなかった」と書いているかと思うと、「食後五、六杯ワインを飲んで(新しい誓いを立てるまでは、これは自由なのだ)家に帰った」ともあるので、定かなことは分からないが、どうも根っからの酒好きではなかったようである。だからこの禁酒——というか節酒——の誓いは、比較的容易にそれ相応の効果を挙げた。だが、こと芝居となると、そう簡単ではなかった。なにしろ芝居は共和制時代には、悪魔の誘惑の最たるものとしてご法度《はっと》で、王政復古になってやっと解禁になったばかりだった。生まれてはじめて見る物珍しさが病みつきになり、ピープスはいつしか、「食後妻と二人でオペラ座へ行き、また『恋と名誉』を見た。実に良い芝居で、三回しか上演がないのを全部見た。しかも今週のうちにだ。これはひどすぎる」というほどの芝居好きになってしまっていた。

規則には例外あり

それでも精進《しょうじん》の誓いはしばらく効果抜群である。「わたしの心は今すばらしく静かで、満足した状態にある。こんなことは生まれてはじめてだ——役所の仕事に熱中するようになったからのことで、以後たゆまずやっている。これはまさしく、最近の禁酒禁劇の誓いの効き目だ。どうか神様、心が変らぬようお守り下さい。というのは、今や仕事は喜びで、信用は増すし、財布の中味もふえるのですから。」そして、たまに禁を破って見物に出かけても、「何か興をそそらぬものがあったが、それはわたしの良心だった。誓いの手前行くべきではなかったのだ。それに仕事からしても、そんなところにいてはならないのだ」と、まことに神妙である。しかしその次には、「こんなにたくさんの金を使い、誓いに違反したことを考えて、芝居の最中に心が悲しくなった。しかし神は褒むべきかな、たとえわたしの本性がまだ快楽を追い求めて満足を見出すことができるとしても、わたしはそれを悔いている。わたしはすぐに罰金を払ったが、今回の市中劇場での観劇一回分に対し、宮廷での上演二回の見物を我慢するか、復活祭に一回見てよい市中劇場の分を我慢するかして、埋め合わせをつけたいと思う」と、怪しげな算術がまじり始める。

そして、そのうち論理が厚かましくなり、誓いの「文面」と「精神」の解釈が問題になる。「芝居に行かないという誓いは、この劇場には該当しない。なぜなら当時この劇場は存在しなかったのだから。でもその時の意味は、すべての市中劇場を禁じるということだったと思うから、三月、四月分として残っている宮廷上演用二回の権利を放棄すると決心した。そうすれば今回の超過分を埋め合わせておつりがくるだろう。こういう訳で、この五月は、誓いのとおり、宮廷内での上演に一度出かける権利を行使できる最初の月である。」「帰り道はわざと歩いて、今回の芝居見物を宮廷での上演と同じくらい安く上げた。良心が知っているとおり、誓いの意味は金と時間を倹約することだけであって、今回は金も時間も余分にはかかっていない――だから良心を神の前に披瀝《ひれき》して、よく考えてみて、良心が誓いを破ったと咎《とが》めている罰金を払った後では、誓いを犯したという気は全然しない。」

抜け道探しの三百代言

またある時には、「誓いを調べてみたら、今回は違反なしに無事行けることが分かった」ので、出かけて行く。これではまるで三百代言的論理で誓いの抜け穴を探すのが楽しみだと言わんばかりである。「サー・W・ペンはわたしを芝居へ連れて行き、わたしの分も払ってくれた……これは招待だから、誓いを破ったとは見なせない。」「妻といっしょに芝居へ行った。彼女の先月分を譲ってもらったのだ。彼女は先月一度も行っていないから。だから誓いは全然破られていない。金のほうも、彼女が権利どおり二回両方とも行った場合以上にはかかっていないのだ。」「クリード氏が食事にきたので、彼に午後わたしと妻に芝居をおごらせ、その費用はわたしが彼に貸すことにした——これは誓いの網を一度だけくぐるために発見したインチキである。だが、もう二度とこんなことはしないと誓っている。」「ラザフォド卿は是非と言って、わたしともう一人スコットランドの貴族を芝居に連れて行った……一見これは誓いの違反だと認めざるを得ない。けれどそれは望んだことではなく、意に逆らってのことなのだ。それにわたしの誓いは、自分の費用でも他人の費用でも行かないということだが、それはサー・W・ペンやクリード氏の場合のように、お返しをしなければならないからだ。しかし今度の場合、二人のうちどちらがわたしの分を払ってくれたのか分からない。分かっていたとしても、お返しをする義務はないし、望んだことでもなければ、進んでしたことでもないのだ。だから良心にやましいところなく、誓いは破られていないと言えるし、全能なる神も違った考え方はなさらないと思う。」

煩悩絶つべからず

すでにお祭しのとおり、ピープスはけっして芝居や酒そのものを罪悪視しているのではない。われわれは身体髪膚《しんたいはっぷ》これを皆父母に受けている。道徳的に絶対的な悪以外、何事につけ、少なくとも楽しみを享受する能力を退化させずに温存しようと心掛けるのは、人間的であり、健全なことである。京都安井の金比羅宮には、五四歳の女性が、自分はこれまでさんざん男に苦労したゆえ、これから男を断つと願をかけ、奉納した絵馬が残っているが、それには「ただし向う三カ年のこと」と条件がつけてある。ピープスもこの女性と同党の士なのだ。「そこで役所に戻り、誓いを立てて大いに満足した。仕事に精を出し、向う一カ月は女性に手を出さないのだ。」長期の誓いはいつも期限つきで、復活祭、聖霊降臨祭、聖ミカエル祭、クリスマスなど、一年の主だった節季《せっき》がその節目となる。そして期限が到来すると、一週間ばかり息抜きの期間がある。「今日飲酒と観劇の誓いの期限が明けた。だから今日一日は自由にして、それからまた新しい誓いに取りかかる決心である。」「今夜でクリスマスはすっかりおしまいだ。家を外に遊び歩いてたいそう楽しんだから、心はすっかり満足している。わたしの心がいつもながらまったく快楽に耽《ふけ》りがちなことが分かったから、前の誓いに戻

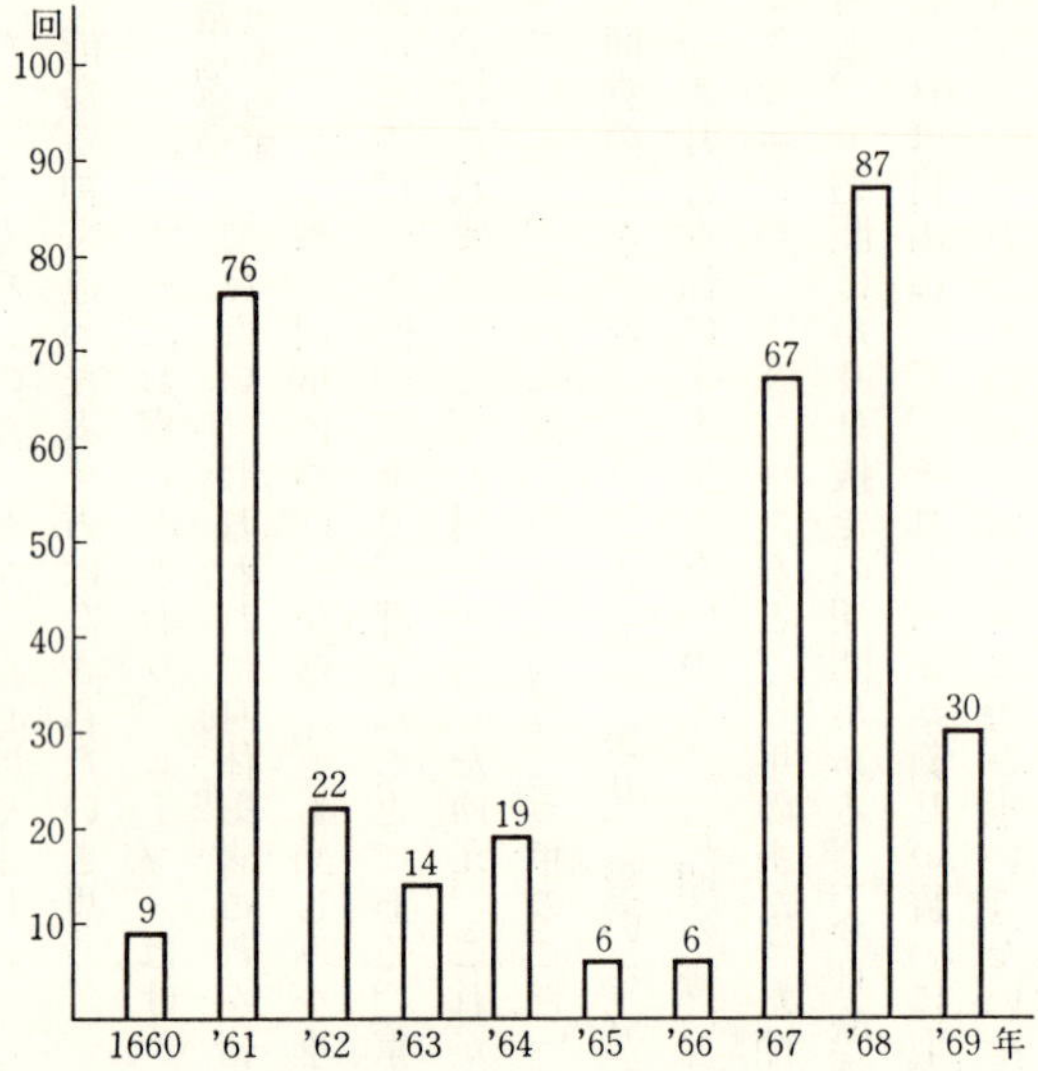

図1　ピープス氏の年間観劇回数

るべき潮時《しおどき》だと思う。神様が許し給うなれば、明日その誓いを仕上げて、自分を縛ろうと思う。」「今日はこの前誓いを立ててから七日目で、誓いの内容によると、先の六日間誓いを守ったら、七日目ごとに誓いのすべてを特免される自由がある。」それでその日ピープスは浮気《うわき》をする。六七年の八月など、一日から二三日までの間に合計一二回、おそらくロンドン中にかかっていた芝居を全部見てしまってのことだろう、二四日に「もう芝居で腹一杯だ。それで次の聖ミカエル祭まで〔つまりあと一月〕は芝居は見ないと誓いを立てるつもりでいる」と書いている。だが、このような誓いでも、事実効果はあった。今ここにピープスの観劇回数のグラフを掲げてみよう(図1)。六五・六六の両年はペスト流行とロンドン大火の年であるから例外とすると、ピープスが生活改善の理想を掲げて誘惑と戦った六二—六四年は格段に回数が少ないことが分かる。

早起き三両
倹約五両

けれど酒や芝居は現象であって、本質ではない。本質は金、そのために仕事なのだ。「仕事に精を出せば評判も良くなり、世間の信用も増す。そして金も手に入る。金はすべてのことを楽しくしてくれるし、わたしがたいそう必要としているものなのだ。」「わたしは今後金の使い方について、いくつか厳格な規則を作ることに取りかかった。神の御前で誓いを立て、われとわが身を縛ってこれを守ることとし、守らなかった場合の罰もその中に定めた。かならずや今後は自分の時間を立派に使い、金持ちになることができると思う——というのは、仕事のためにうまく使ったここ数日のほうが、まるまる一週間の快楽よりも、ずっと多くの満足を与えてくれると分かったからだ。それに快楽のあとではかならず金を使ったがための悩みがあることを覚えているからだ。」そしてピープスは寝物語に妻を説諭する。「ベッドの中で長い間、今後しばらくの倹約生活について妻に話をし、もし二〇〇〇ポンド貯まったら、どれだけのことができるか、またしようと思っているかを妻に提案した。つまり勲爵士《ナイト》になり、自家用馬車をもつのだ——これには妻も喜んだ。これで今後は少し貯金ができると思う。というのは、規則を作って浪費をしないようにする決心だから。」「妻の買物のため、いっしょに馬車で交易所へ行った。ニューファッションの薄絹のペティコートを何枚か見た。黒の幅広のレースが裾回りと前にプリントしてあって、たいそう立派だった。妻はそれを一枚買いたがった——が、われわれはそこでは買わなかった。」圏点は筆者が付したものである。

しかし、ピープスはいつもいつも渋い顔をしていた訳ではない。ときには清水《きよみず》の舞台から飛び下りる寸前まで行くこともある。「教会でバッテン令夫人がビロードのガウンを着ているのを見た。わたしの妻より先に彼女が着ているので、というか、わたしも妻にそれを着せることができるのに、と思って腹が立った。だが、できないことはできないのだ。しかし、家へ帰ってそのことを妻に話すと、なんとわたしは意志が弱いことだろう、突然一着買ってやろうという気分になった。だが、思い直してやめた。実際、サー・W・バッテン夫妻の向うを張るなんてことを考えたら、こちとらは身代限りになるだろう。あの人たちには役職のほかに立派な財産があるのだから。」

塵もつもれば山となる

こうしてピープスは貯金に精を出し、毎月末に収支決算をして、貯金の額を日記に書きつける。しかも最初のうちそれは月末の日曜日に行われていた。貯金の計算は聖務の一つなのだ。「日曜日、四時起床、勘定の清算に取りかかった。今月の決算(一月ごとにつけることにしたのだ)では、貯金は六五〇ポンドあると分かった。これまで手にした最高額だ。どうか神様、感謝の心を与え、これを活用し、増やしてゆく配慮を与え給え。」以後ピープスはこの月末の計算の結果に一喜一憂する。「たいそう困ったことに、先月より七ポンド減った。だが実は先月いろいろ先取り計算をしたからだ。でも月末から次の月末まで、毎月毎月、何か特別の収入でもない限り、せいぜいのところで四、五ポンドぐらいしか貯められないとなると、心が悩む。だが、自分の出費に用心怠らぬようにしなければならないし、またそうするつもりだ。それで真剣に誓いを読み、夜食をした。」「神は褒むべきかな。雀の涙の貯金がまた七七〇ポンドにまで上がった。今までで最高だ。それ以外に上等の衣服もたくさんある。これはわたしに対する神の大いなる恵みである。」時には貯金の計算は夫婦喧嘩のあとの鎮静剤にもなる。「われわれはいろいろ猛烈に言い合い、たいそう腹を立てて別れた。わたしは役所へ行き、今月の計算をした。貯金一一七〇ポンド――このゆえに主なる神は褒むべきかな。」

でもピープスは、けっして守銭奴ではなかった。彼の生まれつきの享楽精神が、彼をそのように機械的で低級な境地から救い出している。「実のところわたしは多少快楽に耽っている。それも今が一生のうちでそうするにふさわしい年齢だと知っているからだ。この世で成功しているたいていの人は、財産を作っている間は快楽を味うことを忘れ、財産がはいってからのために快楽をとっておく。その時にはもう遅すぎて、快楽を快楽として楽しむことができないのに。」

ビジネスに強くなる

人生を楽しむためには金が要る。金のためには仕事に励まなければならない。ピープスは書記官に任命されたものの、海軍のことなど皆目《かいもく》知らなかった。ただ幸いなことに、一七世紀は専門家の時代ではなく、万有引力のニュートンにも造幣《ぞうへい》局長官が勤まる時代だった。陸軍畑のアルビマール公爵〔もとのモンク将軍〕が、何かの都合で艦隊司令官を命ぜられ、船の向きを変えようとして、「右向ヶェ右ッ」と大音声《だいおんじょう》に呼ばわったという。おそらくピープスとて面舵《おもかじ》と取舵《とりかじ》の区別はつかなかっただろう。だが、そのままではいけない。近代的市民社会は専門職を必要とする。そうでなくてさえ、彼の同僚は皆海軍のベテランばかり、その中で頭角《とうかく》をあらわすには勉強より他ないのだ。

綱の材料にはどの麻がよい？　オランダ産か、東欧産か、国産か？　「今日ウリッジへ行ってオランダ産の実験を見た。これはまったく弱く、公平に試してみたところ、その五本のほうが東欧産四本より早く切れた。それにその中にはタールがしみついた古いのを新しい麻でくるんだ物があった。前代未聞のインチキだ。いいことを見つけたものだ。工廠の職人たちが商人の納入品に難を見つけても、はっきり言うことを憚《はばか》る(サー・W・バッテンは実に卑劣にもそういうことをしているのだが)ようなことにはしたくないから。」「国産麻と東欧産の強度実験を見た。後者のほうが強いと分かったが、国産もたいへん良く、東欧産以外よりはずっと上等だと思う。」

「サー・W・ウォレンはドラムメン産、スヴィーンスント産、クリスチャニア産等々、松材の区別を教えてくれ、水力鋸《のこ》で切り、挽く方法について、いろいろ面白い知識を授けてくれた。また松材の値の変動の理由も教えてくれた……次に材木置場へ連れて行ってくれたが、そこには松材がいくつか大きな山に積んであった。円材、足場材、甲板天幕用桁《けた》材——こういうものの区別はこれまで全然知らなかった。実際今日一日の仕事は自慢するに足る。」「ロイアル・チャールズ号の航海士、クーパー氏が訪ねてきた。数学を教わる予定で、今日から始めることにした……一時間いっしょに算術をした。手始めは九九を覚えることである。」「朝四時起床、九九に精を出した。総じて算術で出くわす面倒は九九だけだ。」

「グリーン老人といっしょにテムズ通りへ行って、タール商人の間にまじり、タールの品質と値段の勉強をした。」「製綱所へ行き、夜までいて、麻の強度、重さ、損耗率、その他の実験を何回かくり返した。これであらゆる種類の麻の品質を言えるようになるという、所期の目的をはたすだけの知識を身につけた。」「ディーン氏といっしょにウォルタムの森へ行き、官有林の木がたくさん伐採《ばっさい》されるところを見た。そして彼は平均算出法の奥義《おうぎ》を全部伝授してくれた。この点で国王は材木買い入れの時に騙《だま》されている。これを矯正《きょうせい》できるようになって嬉しい……食事の準備ができるまで、彼と二人でテーブルやその他の物を量り、木材や板の体積が非常に良く分かるようになった。」「今夜ルイス氏といっしょに、主計官の記帳事務や糧食補給業務がどんなものか検討した。これは多岐多端にわたるが、そのうち頭の中にたたきこんで、この点でもお役に立てるようになれると思う。」

「役所へ行って、約束どおり数人の商人に会った。物資購入の際、彼らとして応じられる最低の料率を知るためだ。何としてもこれを聞き出して、それ以上の値段では買わないようにする決心だ。」「デトフォドまで歩いて行って、カウリ、デイヴィス両氏と、工廠内の作業の出来高をそれぞれ別々に帳簿につけるという、この前のわたしの着想について論じた。これに対する反対論は、連中の無知と、手間のかかること、慣例に外れたことはしたくないという気持だけだ。旧套依然《きゅうとういぜん》たるのろくさい慣例だのに……わたしは工廠事務官が作業一つ一つを別々につける帳簿の立案起草に取りかかった。たいそう楽しいことで、かならずや大いに役に立つと思う。」

モーレツ官僚

ピープスの勤務は、こうなると、以前のように隔日の午前中だけではなくなる。彼は毎日出勤し、早朝から深夜まで仕事をする。「起床後、午前中ずっと役所に詰めていた。昼に交易所へ行き多忙。家に帰って食事。午後役所へ戻り、夜まで。遅くに帰宅。まったく仕事に疲れはて、心に喜びなど何一つない。ただ神の恩寵《おんちょう》により、今日一日の仕事を済ますことができ、いつの日かその利益にあずかれるだろうと思うだけである。」「頭の中はごたごた混乱した考えで一杯、はっきり理解したことは何もなし、なんて有様で仕事を止《や》めるのは厭《いや》だから、徹夜の覚悟をし、また事実徹夜した。今はもうすぐ四時を打つところだ。一人ぼっちで、凍えそうで、蠟燭《ろうそく》はわが家へ帰るほども残っていない。でも仕事はある程度すっきり分かるようになり、それをかなりはっきり書きつけたので、家に帰って寝た。」「わたしの精励は、実際国王にとってたいへん有用であると同時に、きっと最後にはわたし自身の利益にもなると思う。それまでの間は、自分が毎日知識を増し、有名になってゆくのを見るだけで、心は大いに満足している。」

同僚そしるは鴨の味

だが、ピープスはかならずしも常にこういう高尚な境地に止まっていた訳ではない。「わたしが役所の中で偉くなるのに邪魔なのは、サー・W・ペンだけだと思う。彼は今では病気が治り、役所へ出てきて張り切っている。役所でたいそう勤勉にして、休んでいた間の埋め合わせにしようと思っているのだ——どうかそうなってほしいと、神に祈ってる。だがしかし、わたしも頑張って、彼をへこたれさせてやろうと思う。というのは、わたしはやれる限り猛烈に仕事に熱中する覚悟だから——健康の許す限り。」「朝早くテムズ通りのタール商人のところへ行って、タールの値段を調べた……それから役所へ戻って、サー・W・バッテンを相手に、ボーヤー氏のタールについて喧嘩した。この件は阻止してやる決心だ。彼は昨夜、賄賂《わいろ》にチョウザメを一樽送ってきたけれど、これは送り返してやるかもしれない。というのは、われわれが買い付ける品の値段に関し、サー・W・バッテンの汚職と内密の取引で、国王をこんなにひどく裏切ることは許せないから。」「今日サー・W・バッテンは使いをよこし、後ほど自分から話しかけてきて言うには、次の月曜日に妻といっしょに食事に来てほしいとのことだ——彼らにしてはまた、どえらく下手《したて》に出たものだ。これには何か訳がある。さもなくば、神様の思召《おぼしめ》しか、わたしの最近の仕事熱心のおかげで、わたしが、彼らとして喜んで認めたくはないほど、実力者になったからだ。神よ、感謝の心を起こし、この優位を保つよう心掛けさせ給え——というのは、彼らはわたしを憎んでいるにきまっていて、わたしにお世辞を言うのは、希望か不安のどちらかなのだから。」

ここまで自信をつけたピープスは、海軍大臣ヨーク公秘書コヴェントリ氏をつかまえ、同僚の棚下ろしをする。「役所のことについて思いの丈《たけ》を打ち明けた。これほど重大な責任のある事柄が、これほどいい加減に行われているのを目にするわたしの不満のすべて、そしてまた、艦政部長や監督官の勤務ぶりがなんと情ないかを。そして意中をすべてぶちまけた。彼も、うまくゆくだろうと思っていたのに、ちっともはかばかしく運ばないのを見て、たいそうがっかりしていると、いろいろ話してくれた。総じてまるまる一時間、二人だけの話をし、おたがい心のうちを語り合い、大いに満足して別れた。」人をそしるは鴨《かも》の味という。やっと王政復古の世になって、これでのんびりできると思っていた、年輩のサー・W・バッテンやサー・W・

ペンにとっては、ピープスは厄介《やっかい》な同僚だったことだろう。でも知らぬが仏のピープスは、ひとり満足している。「この上なく嬉しいことに、サンドイッチ伯は、どれほどヨーク公がわたしに目をかけておられるか、話してくれた。公爵は昨日問いもせぬのに、伯爵に向かって、海軍に一人の人間を入れてくれたことでお礼を言いたい、とおっしゃったと。つまり、それはわたしのことなのだ。」

Ⅳ　ピープス氏、妻を愛する　一六六三年

ソーセージ売り

「だが嫉妬心が百もの想像を引き起こし、それが一日中わたしをたいそう苦しめた。」

妻にはケチ
己には寛大

「この無駄使いの多い暮らしを思い、心はとても重かった。このままでは破産しそうだ。あれだけ大望《たいもう》をかけていたのに。これは改めないといけない——というのは、これから妻の衣裳に大金を出すことになるからだ。ほかの出費は我慢しなければならない。」これだけ読むと、ピープスは金襴緞子《きんらんどんす》十二単衣《じゅうにひとえ》の衣裳でも妻のために買わざるを得ぬ仕儀に立ちいたったのかと想像される。だが実のところ、この「大金」とはレース代六ポンドのことで、当時ピープスの貯金は五〇〇ポンドを越えていた。要するに、ピープスは妻にはけちで、おのれには寛大だったのだ。一年後に、こういう記述がある。「悲しいかな、今月は先月より貯金が四三ポンド減った。先月は七六〇ポンドだったのに、今は七一七ポンドしかない。だがそれは主としてわたしと妻の衣裳代の出費から起こったことだ——妻に約一二ポンド、わたし自身には五五ポンドかそこら。」

衣裳道楽考

ことのついでに、ここでピープスの衣服のことを述べておこう。この金額からでも分かるように、彼は衣服に関して派手好みだった。それは人生の闘技場でひけを取るまいという気張《きば》りのさせたことかと想像できる。「金はかかるだろうが、どれだけかかろうと押し出しを良くしなくちゃならん。費用《かかり》のほうはそれがもたらす利益で埋め合わせがつく。」「あそこでは頭《ず》を高くすれば、かならず得になる。良い着物、良いなりをして人前に出るのだ。」とはいえ、そこは中流の悲しさ、出る杭《くい》は打たれる心配もある。それに新調の服が届いたとき、いつからそれを下ろすか、これは悩ましい問題である。「今日、膝のところできちっと詰まった色つきの服を着た。同じ色の新しいストッキングと、ベルトと、新しく柄を金塗りにした刀を取り合わせると、実に立派だ。」これは復活祭の朝のいでたちである。そういう大義名分のない時には、何か理由を探さなければならない。「役所へ行って、金ボタンとループ・レースつきの新調の毳織《けば》りの紫色のガウンを着た――風邪を引き、痛みの出る心配が少しあったから。」それだけの理由もない時は迷ってしまう。「今日新調の絹服の一つが届いた。無地のほうだ。極上等のキャメロット織りで、堂々たるものだ。試着してみて気に入った――だが、これを先には着たくなかった。今日は教会へ行きたくないのだ――それでしまっておいたが、そのうち気が変って、サンドイッチ伯爵夫人を訪ねてみようと思った。途中まで出かけたのだが、立ち止まり、家へ逆戻りして食事をした。」時には注文の品が派手すぎることもある。

「袖口に金のレースがついていて派手すぎる。人が見たらどう言うだろう。」翌日にも「上等の服は着なかった。自信がないのだ。金のレースつきで立派すぎる。派手ではないけれど。」一週間迷ったあげく、思い切って「金の袖飾りのついた一帳羅《いっちょうら》を着て、役所へ行った」が、その翌日、「ポヴィが昨日公園でわたしの金レースつきの袖を見たと言う。これが気になって、この服を着ては宮廷に出ないと決めた。すぐにレースを外してもらおうと思う。そのほうがよい。」

妻の好みに注文をつける

ピープスが妻の衣裳に出費を渋る論理は、自分のそれは一種の投資で、それから は収益も上がるが、妻の場合はまったくの浪費だ、ということだったと察せられる。しかしピープスとて妻の美しい姿を見るとまんざらでもない。「彼女は黒の薄絹織の新しい服に黄色いペティコートを着て、実に綺麗《きれい》だった。」それればかりか、ピープスは妻の服装について一家言を持っていた。「妻といっしょに馬車で帰宅したが、途中何かのきっかけでひどく口論した。彼女のリボンは取り合わせが悪く、色も二色なのだ。」「食事に帰宅したが、妻は馬鹿ばかしいなりをしていた。青のペティコートを一番上にして、白いサテンの胴着に白のフードがついているのだ。（とはいえ、こういう服装をしていたのは、彼女のガウンが仕立て直しに出ていたからだと思うのだが。）このため腹が減っていたこともあって（腹が減るとわたしはいつも怒りっぽくなるのだ）、怒り出した。でも腹がくちくなると、また仲直りした。」

しかしピープスも、一年三六五日いつもけちけちしていた訳ではない。時には気前よく「妻といっしょに店から店へと歩き、午前中に彼女の衣裳代に一〇ポンド近く使」うこともあった。けれどピープスは細《こまか》いのである。「妻と喧嘩《けんか》した。わたしが彼女のガウンにレースをつけるのを渋り、レースなしの物なら新品を買うのに同じだけ、いやもっと出してやろう、と言ったからだ。これを聞くと彼女はカッとなって、これまで見たこともないような、わたしには我慢できない態度で、部屋を飛び出して行った……わたしは役所へ行った。やがて彼女は逆上して追いかけてきた。わたしのところへくると、執念《しゅうねん》深く、牝狐《めぎつね》のように、怨《うら》みに満ちた顔つきで言うのだ。これから新しいガウンを買いに行く、レースつきにして、勘定は付けにしてくる、文句があるなら、後で燃やしてしまえばいいでしょう――そしてプリプリして去って行った。」この紛争はどうやらピープスの譲歩でけりがついたらしい。というのは、その後二週間ほどして、「妻のガウンはレースがついて戻ってきた。ほんとにとても立派だったけれど、わたしにとっては大変な出費になることだろう。予定していた以上に――だが、これも一度限りのことだ」という記事が見えるからである。だが、その翌朝ピープスは、まだ未練がましく、「ベッドの中で長い間妻を相手に、近頃衣裳代が予定以上にかさむことについて口論」するのである。

こういう小ぜり合いを避けるためには、現在と将来を両天秤にかけ、予算の許す限りで妻に一定の金額を無条件に小遣《こづか》いとして許容するのが最良の策、と誰しも考える。彼の恩人の奥方サンドイッチ伯爵夫人も、そこは女同士、おそらくピープス夫人と共同戦線を張ってのことだと思われるが、ピープスに忠告している。「奥方様は妻のために金を出すようにと、たいへん力説なさった。ふだんよりも多少真剣だと気がついたので、納得したような顔をしておいた。そして妻にはレースを買ってやろうと決心している。」だが、その決心の結果は、この章のはじめに書いたとおりの、まるで今にも破産しそうな悲鳴なのである。そしてその後もピープスは一向自分の流儀を改めようとしない。「妻は突然、自分の衣裳のこと、好きなものを着ることを許さないわたしの依怙地《いこじ》さを論じ始め、口論になった。しかしわたしは声を出して本を読み始め……彼女にしゃべらせておいた。やがて彼女も疲れてしまい、わたしが聞こうとしないのに困りはて、仲直りした。」ピープス夫人が「金と自由のないことをひどく愚痴《ぐち》」っても、ピープスは「苦情を聞きおくだけで辛抱して、その反対のことを許し与えるつもりはなく、かなりの時間たいそう激しくやり合」うのである。ピープスがとうとう妻に一定額の小遣いを与えるようになったのは、日記の最後の年、六九年のことである。

ピープスはどうやら孔子様と同意見で、女性とりわけ妻という存在は、思慮分別において、男性とくに夫に一歩劣り、本性浪費的であって、財布を預けると何をするやら知れたものでない、と考えていたらしい。「妻が万事をなおざりにし、わたしから自由になって、小生意気な気分でいることを考え、一日中いささか機嫌が悪かった。二度とこんなふうに彼女を信用してはいかんのだ。あれは馬鹿なのだから。」そうであるからして、彼は時折、妻の家計簿を検査する。「多少曖昧《あいまい》なことが見つかって腹が立った。その点ははっきり説明がついたのだけれど、計算が合わぬ時には、ほかのものを水増しして帳尻《ちょうじり》を合わせると白状した。わたしが怒ると、妻はネックレスを買うためにへそくりを作ると言い張った——このためカッとなって、心は今でも安らかでない。苦しい中で安く暮らすという心掛けを、そのうち妻がなくしてしまうのではないかと心配だからである。」「夜に彼女の勝手元《かってもと》の勘定を検査した。わたしの許しも得ずにレースのネッカーチーフとエプロンを買ったことで言い争った。それ自体は大したことではないけれど、こういうことは最初が肝心だ。この後つづけてもっとひどくなるかもしれないから。」

つば競り合いをくりかえす

こういう訳であるから、ピープス夫妻は仲が良いのに、あるいは仲が良いからと言うべきか、しょっちゅう喧嘩《けんか》している。「家の掃除をさぼっていたので妻と口論した。彼女を『一文なし』と呼ぶと、彼女は『虱《しらみ》刺し』と言い返したので、腹が立った。」ピープスは妻に持参金のなかったことを言い、ピープス夫人は夫の仕立屋の生まれを嘲《あざけ》ったのである。もちろんピープスも反省する。「わたしが心配性で、やきもち焼きで、片意地で、何かというと彼女を咎《とが》めるから、彼女がいっそうひどくなるのだ」と。それも事実ではあるが、要するにピープス夫人は欲求不満だったのだ。彼女とピープスの間には、生涯子供は生まれなかった。おそらく例の結石の手術がピープスに災いしたのだろうと想像される。それにピープスは熱中型、仕事に興が乗ると、妻のことなどおっぽり出してしまい、妻は無聊《ぶりょう》に苦しむ。ピープスは、「彼女は実際たいそう淋しい暮らしをしている」と認めながらも、「だが、彼女もまた他の連中と同様、仕事がないから、下手《へた》な時間の使い方を思いつくのだ」と、あくまで高踏的である。思い余ったピープス夫人は、自分の不満を個条書きにして、夫に突きつける。「今日の午後、妻は不満のあまりに手紙をよこした。読むべきか読まざるべきか、どう扱ってよいか困りはてている。だけど読まずに目の前で燃やしてやろうと思う。こういう性質《たち》のことは二度とさせてはいかん。だが、何か策を講じる必要がある。交際相手を見つけてやるとか、仕事をさせるとか、用事を作って彼女の気持と時間を取ってしまうようにしなくちゃいかん。」「弱ったことに、妻は一日中ひとりぼっちだと苦情を言い始めてる。要は仕事がないというだけのことなのだ。忙しくしてる間は、めったに苦情を言わなかったのに。」

小間使をめぐるサヤあて

そこでピープスは、まず妻の遊び相手兼小間使の女中を雇うが、はじめのうちはうまくいっても、二人はすぐに喧嘩をおっ始める。「アッシュウェル〔小間使〕は妻が嘘を言ったと面詰《めんきつ》し、妻は彼女の横っ面を張り、相手もまた打ち返して、大騒ぎになった。」そうでないときには、ピープスが小間使に手を出し、妻が嫉妬する。アッシュウェルの次にやってきたマーサーという娘は、声も良く、音感も確かで、楽器もこなせるから、音楽好きのピープスのお気に入る。しかし、「妻は明らかにわたしに不満を抱いている。わたしがマーサーに歌を教えたりして、いっしょに時間を過ごすことがずいぶん多いのに、彼女に対しては、そこまで面倒を見ないからだ――これはわたしも認める。けれどそれも、あの娘《こ》は音楽の分かりがとても早いけれど、妻はそうではないからだ。」この弁解、一応もっともに聞こえるが、その一月半前には、「近頃マーサーを愛しすぎるようになったと思う。彼女が朝着換えを手伝いにきたとき、乳房にさわってみた。あれは生まれてはじめて見るような立派なものだ」、と書いているのである。いやしくも芸術家を愛する限り、その愛は彼または彼女の技術のみに止まらず、その人のすべてに及ぶのは当然自然だろうが、これではピープス夫人が嫉妬を起こすのも無理はない。

ダンス教師事件

時にはピープスは算数を教えて妻の気をまぎらわそうとする。「近頃妻といっしょにたいそう楽しく算数の勉強をしている。」「彼女は足し算、引き算、掛け算まではたいへんうまくやってきた。今後しばらく割り算で彼女を悩ますことは止めて、今度は地球儀を始めてみようと思う。」だが、カリキュラムについてのかかる細心の配慮にもかかわらず、算数が妻の慰めになるはずもない。そのうちピープス夫人はダンスを習いたいと言い出す。それでピープスはペンブルトンというダンス教師を雇い、最初は自分もいっしょになって習うなど、万事は好調で、契約を一月延長までする。しかし、そのとたんに雲行きが怪しくなり、彼は奇妙な一人芝居を演じることとなる。

「帰宅——ほとんど暗くなっていた。妻がダンス教師と二人だけで、二階で、踊らずに歩いていた。そこでひどい嫉妬に取りつかれ、心も頭もここにあらず、いらいらしてしまい、とうてい仕事ができそうにもないのに、役所へ出かけて行った。夜おそくまた帰宅、八つ当たりに当たり散らしたい気分だった。プイと床《とこ》についたが、眠れる訳もない……わたしが馬鹿だから、妻があの男といっしょにいる機会を作りすぎたのだ。あれは美男子で、小ざっぱりした、髪の黒い男だ。だが、世帯もちだ。でも、こんなやきもちを焼くなんて、まったく愚かしいことで、いまいましい。しかも妻が望みもせぬのに、もう一月ダンスの機会を作ってやったのは、わたし自身なのだ——だけど、できるだけ早くおしまいにさせてやろう。でも、考えてみると恥ずかしい。なんと策略を弄《ろう》し、嘘をついてまで、彼女が今日もいつものようにズロースをはいているかどうかを見たり、疑念を晴らすために、その他なんといろいろしたことか！　でもそんなことをしなければならないほんとうの理由は何もないのだ。」悶々《もんもん》の一夜を明かして、「起床したが、心は乱れたまま、昨夜の疑いがのしかかっている。恐れている事態がほんとうにあったというのは願い下げだが、こんな疑いを抱くなんて、わたしはぶん殴《なぐ》られても当然だと思う。

とくになおさら、神様もご存じのとおり、わたしも心の中ではあまり正直ではなく、ちょっとした誘惑があれば、妻を裏切ることもあるのだから。だから彼女からもそれ以上のことを期待すべき権利はないのだ——神よ、この点、わたしの罪と愚行を許し給え。」

だが、ペンブルトンの姿を見ると、嫉妬のほむらはめらめらと燃え上がる。「食後またペンブルトンがきた。機嫌が悪かったので、仕事を口実にして会わなかった。だが主よ、なんという嫉妬心を抱きながら、部屋をあちこち歩き回ったことか。そして彼ら二人がダンスしているかどうか、また何をしているかと、聞き耳を立てた。後から分かったことだけれど、そしてまたその時もそうだと信じてはいたが、アッシュウェルがいっしょにいたのだ。」「妻とダンスのことで言い争った。部屋に引きこもり、自分自身に誓いを立てた。一月の契約期間が続く限りは、反対したり、ダンスのことをけなしたり、たしなめたりするようなことは何も言うまい。もしそういうことをしたら、毎回二シリング半の罰金としよう。神の思召《おぼしめ》しにより、これを守ろうと思う。というのは、今度の厄介な問題は、ここしばらくの間に起こったどんなことより以上に、大きな騒動を捲《ま》き起こしているから。」シェークスピアは言う。嫉妬の思いは、「罌粟《けし》でも、マンドラゴラでも、世界中のすべての眠り薬でも」、鎮まらない、と。それをピープスは、酒や芝居と同じように、誓いと罰金の力で断とうとするのだ。

嫉妬は嫉妬をよび

教会の中でも猜疑心《さいぎしん》は頭をもたげる。「わたしたちの桟敷《さじき》席の真向いにペンブルトンの姿が見え、説教の間中ずっと、妻に秋波《しゅうは》を送っているのを見た。わたしは彼をまったく無視したが、妻は彼を見つめている。そして教会を出る時に、わたしのことなど構わず、彼に向かっておじぎするのを見た。彼女がこの二回ほど日曜日には午前も午後も教会へ行きたがっていたことを考え合わせると、ほんとに何か常ならぬことを疑いたくなる。最悪の事態は考えたくないけれど。」「教会へ行った。ペンブルトンの姿が見えたように思う。だが、どういう訳だか、彼が妻のほうを見上げる様子は認められなかったし、彼女もあまり彼のほうを見なかった。しかしわたしは、彼がそこにいることだけで、心を悩まさずにはいられなかった。」

「しばらく役所へ行って帰ってくると、ペンブルトンが来ていた。いろいろの事情から考え合わせて、妻と彼との間に何か常ならぬことがあるとの結論に立ちいたった。そのため心たいそう悩み、今こうして筆をとっている間も、何を書いているやら、何をしているやら、このことについて妻にどういう態度をとったらよいものか、ほとんど分からない。彼女にその話をして仲違《なかたが》いをしたり、その他工合の悪いことになったりしたくはない。かといって、知らぬ顔をしていると、彼女はわたしの気にさわることをし続け、そのため事態がますます悪化するのではないかと心配だ。」「だが、なんとしてもこのことが念頭を去らない。今日の午後、妻が家の者を皆外出させ、わたしが役所へ行かなければならないことを心得て、彼にくるようにしめし合わせたのではないか、と心配になる。これは手におえぬ嫉妬心の仕業《しわざ》なのだ。どうか神様、それが事実ではありませぬように。でもそのために心はさながら地獄である。」「やがて居ても立ってもいられぬほど心悩み、様子いかにと偵察に家へ帰った。すると案《あん》の定《じょう》、ペンブルトン氏と妻だけで、家の中には他に誰もいない。このためほとんど逆上しかかった。そして書斎へ行って、一、二回歩き回ったあと、また外へ出た。たいそう悩み、疑いながら役所へ行き、仕事を手早く片づけて、法学院へ行く用があるふりをして退出したが、ほんとうの行先は家だった。そして書斎に入った。もし彼らが何か悪い意図をもっていたとしても、今度だけは何かするのを阻止したと思う。しかし彼が帰って行くまで、書斎の中でイライラプリプリしながら、聞こえよがしに声を立て、長居できぬようにした……そして主よ、嫉妬心の働きとはおそろしいもので、そっと二階へ上がり、ベッドが乱れていないかどうか調べに行ったが、その様子はなかった。でもそれでは満足できず、一晩中歩き回り続けた。やがて妻が寄ってきて、用向きのことを話しかけようとしたけれど、それは強がりとしか思えなかった。そして心はちきれそうなまま、何も言わなかった。どうしたらいいのか、たいそう迷っていたからだ。」

面倒あらば田舎に送れ　嫉妬の色眼鏡を通して見ると、妻の一挙手一投足が疑わしく見えてくる。「家へ帰ったが、神よ、わたしを許し給え、妻が給仕をどこへ使いにやったか言いたがらないので、すぐにペンブルトンの家へ行ったのだと勘繰《かんぐ》った。それからというもの、心快々《おうおう》として楽しまず、一晩中口を利きも、眠りもできなかった。」「わたしは彼女がズロースをはくかどうか見張っていた。彼女ははいた。それでも疑《ぎ》心暗鬼《しんあんき》は納まらなかった。彼女はわたしといっしょに外出する前に、ファンチャーチ通りへ行きたがっていた。それはペンブルトンと会うためだ、と解釈せずにはおれないのだ。」なんとか安心できないものかと思案投げ首の末、一計案じたピープスは、伯父から相続したブランプトンの田舎の家へ、妻を疎開させることにする。そうなると旅行のための衣裳代が問題になる。だが背に腹は代えられない。「彼女に四ポンド渡した。仕度を調《ととの》えるのには、あと四ポンド近くはかかるだろうと思っている。だが平和と名誉の問題だ。この目的を両々全うし、しかも彼女に対するわたしの力の揺らぐことがないようにするためには、何だってするつもりだ。」

ともかく一月が経って、ペンブルトンは無事お払い箱になる。が、妻が田舎へ出かける前に、もう一回お別れの練習がある。「帰宅後間もなくペンブルトンがきた。打ち合わせていたことかどうか、わたしは知らない。あるいは妻が田舎へ行く前に一回くると、前からの約束だったのかもしれない。だが、わたしは素知らぬ顔で、二人をアッシュウェルといっしょに二階へ踊りに行かせた。彼は上がって行き、わたしは階下の書斎に居残った。だが主よ、なんとわたしは聞き耳を立て、耳をドアに押しつけ、彼らが立ち止まって踊らないときには、心を悩ませたことか！」こうしてピープス夫人は田舎へ旅立ってゆく。その夜ピープスは日記に書きつけている。「妻がいなくて悲しい。わたしは彼女を心から愛している。最近彼女のためにいろいろ心悩まされたけれど」と。そして二週間後、彼はよその女性と戯れる。

この事件のほんの四カ月前、ピープスは宮廷のゴシップを記録している。「今日クラーク博士から、チェスターフィールド卿が夫人を宮廷から下がらせた訳を聞いた。彼は長い間ヨーク公にやきもちを焼いていたばかりでなく、二人がいっしょに話しているところを見つけたらしい。とはいえ、その部屋には他の人たちもいたし、夫人は一般の評判からしても、たいそう善良で貞淑な女性だったのだ。彼は翌日(公爵は前夜、チェスターフィールド卿がカンカンになっているところを見た人から、このことを教えられていたのだが)出かけて行って、公爵に、宮廷の女官たちの中でわざわざ彼の夫人を選び、彼の恥辱の種にするとは、まことに不当だと思う、と言った――公爵はこれに対していと物静かに応対し、この抗議は訳が分からぬという顔をした。それで万事けりがついたのだが、卿はすぐさま夫人をダービーシャ州の田舎へ送り出してしまった。これは宮廷では諺のようになっている――女房に面倒があれば、田舎へ送れ、と。」これを書いた時のピープスは、よもや自分が四カ月後に同じ轍《てつ》を踏もうとは、夢にも思っていなかっただろう。そして今その羽目になって、昔そんなことを書いたなどとは、全然覚えていないのだ。旧約聖書伝道者の書に曰く。「人はこれから起こることを知らない」と。

だが、用心はしたほうがよい。思わぬところに伏兵がひそんでいることもあるのだから。ピープスの母方の親類に魚屋を営むワイト叔父というのがいた。「妻が言うには、今日一人でいるときに叔父が話しかけてきて、子供ができたらいいのになと言って、熱をこめてキスをし、そうなったら自分はたいそう嬉しいと言ったそうな。事情から察して、叔父はわたしたちに何かいいことをしてくれそうだと思う。」「妻が言うには、ワイト叔父がやってきて、彼女とトランプをし、子供ができたのかと根掘り葉掘り問うていったとのこと——思うに、遺言書を作るのに、わたしをどう待遇したらよいか知ろうとしたのだと思う。」「妻は今日叔父がどんなにやさしく話をしてくれたか、いろいろ聞かせてくれた。きっとわたしたちに好意を見せようと思っているのだ。子供ができたらよいのにと、繰り返し言っていたそうだから——というのは、叔父が何かけしからぬことを考えているなどとは思いも及ばないから。」

叔父も妻に迫る

「妻が言うには、叔父は彼女と二人きりの時に、あんたを今までと変らず愛している、けれどそれを人前に見せるのは、両面の理由からしてまずい、と言ったそうな。どうやらそれは、わたしと自分の女房と両方の嫉妬心を防ぐためだと思う。だが、叔父はわれわれに好意をもっていて、もし子供なしで死んだ時には、わたしたちに何かを遺《のこ》してくれるのだと考えたい。」

「今日叔父は妻にはっきりと彼女に子供ができたら、それを自分の相続人にする、と言ったそうな。」ピープス夫人は「叔父さんがわたしを可愛がり、わざわざ度たび訪ねてくるなんて、妙なことだと思う」と言うのだが、ピープスは、「しかし、わたしは叔父については心配していない。この上なくよい結果が生じることを希望している」と、きわめて楽天的である。

しかしやがて種明かしの時がやってくる。「ワイト叔父が今日の午後役所へきた。そして家へ妻に会いに行った。妙なことに、やがてそのうち彼が帰った後、妻が呼びにきて、叔父がこういう話を始めたという。つまり彼女も彼も二人とも子供がない、だから二人して子供を作るのが最善の策だと思う、前もってお金か宝石で五〇〇ポンドあげるし、生まれた子供は自分の相続人にする、と。彼は妻の体を賞め、これは絶対合法的なことだと言ったそうな。妻がたいへん語気鋭く答えたので、彼は今のは冗談だなどと言い訳はせず、気持は分かったから、もうこれ以上は言わない、あんたもだまっていてくれ、と返事したとのことである。こういうことを一種の作り笑いをしながら言ったらしいが、今ここにうまく書き止めることはできないけれど、交わされた言葉すべてからすると、彼が本気であったのは明らかで、これまでの親切はみな、妻に対する情欲ではなかったかと思う。」どうも大変な叔父さんもいるものである。だがピープスも少し判断が甘かったようだ。雑俳《ざっぱい》に言う、「ひっつかみ利に目のくらむにせ小判」と。

V　ピープス氏、にぎにぎを覚える　一六六四年

夜回り

「タンジャはわたしの庭に咲いた一番綺麗な花の一つである。」

『豊かになる道』

ピープスの海軍省生活はどうやら軌道に乗ったようである。だが貯金の額は遅々として伸びない。「昼にクリード氏が食事に来て、午後ずっと金儲けの方法を論じ合った。わたしの関心は今もっぱらそのことにある。」「給料以外に何か稼げるよう、身の回りを見直さなくてはいけない。さもないと、いい暮らしをしながら、死ぬ時には一文なしになる。」そこで、本屋で『豊かになる道』という表題を見かけ、買って読んでみたが、中味はお宗旨向きのパンフレットだった、という笑えぬ話もある。

金のなる樹＝タンジャ委員会

「犬も歩けば」という訳でもないが、そのうちピープスはタンジャ委員会委員という稼ぎ口にありつく。一六六一年、チャールズ二世とポルトガル国王の娘、ブラガンサのカトリーヌの婚約が纏《まと》まり、カトリーヌはこの交渉に当たったサンドイッチ伯爵に連れられて、六二年にイギリスに輿入《こしい》れした。その婚資の一部としてイギリスに割譲《かつじょう》されたのが、ジブラルタルの向いのタンジール〔英語読みしてタンジャ〕の町だった。それを海外貿易の中継港・前哨《ぜんしょう》基地として経営するため、委員会が組織され、ピープスはサンドイッチ伯のひきと日頃の職務精励のおかげで、末席の委員に選ばれる。しかし、これは厄介な町だった。周囲の丘から眈々《たんたん》として襲撃の機会を狙うモロッコ人に対しては、守備隊を駐屯《ちゅうとん》させねばならないし、港の機能を発揮させるためには、大掛りな半島堤を築く必要もある。それでイギリスはこの町に莫大な投資をした。その一部が回り回って、ピープスの懐にも入ってくるのである。

「タンジャ問題を語り合ったが、この世には、まことの廉直《れんちょく》をもって行われていることなど何一つない。そこにはかならず別の目論見《もくろみ》があるのだ。ラザフォド卿は守備隊の糧食補給で私利を得ようとしているし、他の者は半島堤建設で甘い汁を吸おうとしている。」「どうやらタンジャの糧食補給問題を理解している者は、これまでのところわたし以外にはいないらしい。」「タンジャ委員会に出席、全員半島堤建設工事の契約書に署名調印した――まったく気の進まぬことだった。というのは、自分で皆目《かいもく》理解していないことだったから。委員全部ほとんど皆同じらしい。」そうであるなら、これまで自分が一所懸命勉強して身につけた専門的知識を活用すれば、こっそり利益を挙げることができるのではあるまいか？「わたしはまず第一に国王に立派に仕えたい。しかる後に、もし可能なら、自分のために一ペニー稼ぐ方法を探し始めよう。」それで、ピープスは小当たりに当たってみる。「今夜グローヴ船長がタンジャ向けの傭船問題でやってきた。この件で合法的に利益を少し得たいのだが、と仄《ほの》めかしてみた――船長は、儲けは全部さらけ出し、わたしと山分けにする、と約束した——わたしは要求はせずに、無言の同意を示した——どうやらこれで金が少し手に入るらしい。」そして、これはわずか九日で実を結ぶ。「ホワイトホール宮を出たところで、グローヴ船長に会った。わたし宛に表書きした手紙をくれた。中に金が入っていると気がつき、それを受け取った……けれど、役所へ帰るまでは開けなかった。封を切っても、金が全部外に出るまでは、中を覗《のぞ》かなかった。この件でもし問い糺《ただ》された時に、便箋《びんせん》の間には金はなかったと言えるために。金貨一枚と銀貨で四ポンドあった。」

しかし、ピープスはまだこの道の初心者である。することの規模は小さいし、時にはどじを踏むこともある。「実はごく最近、ラッセル夫人から贈り物を受け取ったので、彼女から蠟燭《ろうそく》を買わないことが気にかかっている(彼女は昨日、かならず買ってもらえると思って、わざわざ仕入れをし、たいそう損をしているのだ)。他人から賄賂《わいろ》、というか贈り物——賄賂としてではないが——を受け取る人間として、自分の義務にも、主人の利益にも背《そむ》かないというのは、非常にむずかしいことだ。でも彼女には我慢をしてもらわなければならないし、わたしも公務に支障ない限り、できる時には彼女に力を貸してやらなければいけない。」「昼に家へ帰ると、エイブラホールという、船舶用蠟燭の納入を志願してきた男が、妻に日本風のガウンを送ってよこしていた。彼女はとても喜んでいるし、わたしとてまったく折りよい到来物《とうらいもの》でありがたかった。でも彼にどう応対してよいか分からない。すでにラッセル夫人に義理があるのだから——つまりわたしは両方に雇われているのだ。」

けれど、そのうち話は大掛りになってくる。なにしろピープスの能吏という評判は高いのだ。「役所へ行って遅くまで仕事をした——交易所やその他いたるところで出会うすべての人から、わたしが国王の仕事を完全かつ見事にはたしている人間として注目されている、とたいそう励ましを受けた——このゆえに主は褒むべきかな。というのは、これ以上に願わしい名誉はないのだから。」商人たちがこのピープスを放っておくはずはない。彼らは当然手土産を持って、暮夜ひそかに彼の門を敲《たた》きにくる。「今夜サー・W・ウォレンがみずから戸口にきて、わたし宛の手紙と箱を置いて帰った。手紙にはわたしと妻に手袋を一足進呈すると書いてあった。だが箱を開けてみると、白無地の手袋一足と、わたしの家紋をちゃんと彫った立派な銀皿と銀杯がはいっていた。値はおよそ一八ポンドぐらいと思う——きわめて高級な贈り物で、これまで貰ったうちで一番上等だ。」サー・W・ウォレンは当時イギリス一の材木商だった。

能吏には金がついてくる

「午前中ずっと執務して、サー・W・ウォレンとのマスト材三〇〇〇ポンドの大契約の案文を起草した。しかし、善良なる神よ、もしわたしが悪党だったら、どれだけのことができたことか——この仕事は全部、始めから終りまで、役所の外でわたしがしたことだ。そしてたった一度読んで聞かせただけで、皆がサインしたのだ。品質、価格、数量、その必要性など、ちっともお構いなし、相談、会議はいっさい抜きで、ただ一般に備蓄はよいことだというだけなのだ。でも、わたしの苦労は大したものだったから、この二七年間、この役所で結ばれた最上のマスト材契約を国王のために作って差し上げられたものと思っている。」「サー・W・ウォレンは妻のためにと言って、紙に包んだ手袋一足をくれた。わたしは包みを開けず、手触りが固いのを感じながら、妻は喜ぶだろうと答えて、話を続けた。家へ帰ったとき、主よ、口で言わずに妻を部屋から出て行かせるのになんと苦労したことか。手袋の中味が見たかったからだ。やっと妻が出て行ったので開けてみると、妻への白手袋一足と、金貨四〇枚が入っていた。心大いに喜び、神が日々ますますわたしに恵みを垂れ給うことを思うて、喜びのあまり、ほとんど食物も喉《のど》を通らなかった――わたしの義務と努力が増すにつれ、神はなお恵みを増し給うものと思う。妻にこのことを言うべきかどうか、どうしたらよいかたいへん迷った。言わずにおれない気持だったが我慢した。まずよく考えてからのことにしよう。わたしの身の上が実際以上によいとか、金回りがよいなどと思わせてはいけないから。」

収賄にも三分の理

でも、これはけっして賄賂ではないのである。自分は良心的に仕事をしただけ、その後のお礼は、相手の自由意志による感謝のしるしなのだ。そして場数《ばかず》を踏めば、応対のこつも自然身についてくる。ある商人から、人を介して「今手許にある物資を引き取ってくれたら、金貨五〇枚出すし、またさらに自分に味方して、海軍省御用達《ごようたし》の免許を手に入れてくれたら、利益の中から年二〇〇ポンド払う」という申しこみがある。「この二つのことを聞いて嬉しかった。けれど返事としては、わたしは賄賂を貰って不正な取引きをするような人間ではないが、さいわいこちらの努力が彼の役に立ち、こちらの務めも正しくはたせる場合には、他人からお礼を受け取らないほど潔癖《けっぺき》でもない。だから今約束はしないが、彼のためにこの労は取ろうと思う。後ほどお礼はあることと思うが、それは適当にお考えになればよいだろう、と答えておいた。そのうちまた話があるだろう。」

ピープスはサー・W・ウォレンと第二回目のマスト材購入契約を結ぶ相談をする。だが、相談の内容は場所によって当然違う。「交易所を歩きながらサー・W・ウォレンは、人間みな自分の役職を利用して生きてゆかねばならない、というような話を始め、もしわたしが望むなら、自分の扱う商品すべてについて、わたしに歩合を認めてもよい、と言った。そして彼は何度も何度も、今回のマスト材の大契約についてのわたしの協力・友情のゆえに、わたしに一〇〇ポンドの借りがある、今からクリスマスまでの間には金策もつくから、それを払う、と言った。」だが役所では、「サー・W・ウォレンとニューイングランド産マスト材の大契約の件で相談し、彼にたいそうつらく当たり、彼を怒らせさえした。しかし、こうするのが適当であると同時に、国王のためにも正しいことと考えたのだ。」そしてその一月後、「機会を見てサー・

W・ウォレンに一〇〇ポンド貸してくれと願った——彼は、喜んですぐに用立てる、ついこの間、この二回のマスト材の大契約でのご苦労に対し、一〇〇ポンド出すと約束しているのだから、これをその一〇〇ポンドということにしよう、と言った——こちらもそのつもりでこの提案をしたのだ。これで間もなく二、三日のうちに、一〇〇ポンド手に入ると思う。」

三日目の昼、「交易所で約束どおりサー・W・ウォレンに会った。その後太陽亭《ザ・サン》へ行き、二人っきりになったところで、彼は袋詰めの一〇〇ポンドをもってきた。借用証を出そうと言ったが、彼は、いらない、この金はあなたのものだ、先日約束したもので(二日前わたしが彼に言ったとおり)、お礼ができて嬉しい、と言い、たいへん丁重《ていちょう》にそれを渡してくれた。わたしはたいそう喜び、ほとんど心ここにあらず、馬車で家へ運んで帰った——彼自身はこの用件を済ますところを誰にも見られないよう、わざわざ気を使っていた。わたしは受取りに召使を連れてこようと思ったのだけれど、彼は一人でやるようにと忠告してくれた。」

三方一両の"得"

タンジャ委員会の年間予算は七万ポンド、そのうち守備隊の維持費が五万三〇〇〇ポンドである。ここでも国王のために正しい務めをはたす余地がありそうである。

「食後タンジャ守備隊への糧食補給問題について、ずっと論じ合い——あらゆる食糧について、彼ら〔商人たち〕の言い値を聴取した。彼らにもわたしにも、少し儲けがあるように按配《あんばい》できそうだ——たいへん満足である。というのは、国王の利益を計りながら、立派に正直に稼げそうだから。」「交易所からオールソップその他の連中といっしょに、法皇頭亭《ザ・ポープス・ヘッド》へ行き、一五分ほどいた。その間に次の約束をした。兵士一人一週間あたり三シリング一ペンスしか予算が取れなければ、彼らから貰う金は、リスクも費用もなしに一五〇ポンド、しかし、三シリング二ペンス取れれば、その場合には、彼らは同じ条件で三〇〇ポンド払う。」二日後、「ホワイトホール宮でタンジャ委員会に出席、糧食補給契約の件を、予想を上回ってわが方に獲得した。これで彼らとの約束どおり、年三〇〇ポンドが入ってくる——大喜びである。」だが、契約を引き受けたシンジケートの代表オールソップが急死して、事は一頓挫《とんざ》、ピープスはあわてて後釜《あとがま》を探す。そして三カ月かかってアンドルーズ氏なる商人を見つけ、契約を継承させる。「アンドルーズ氏といっしょに馬車でホワイトホール宮へ行き、タンジャ糧食補給契約書の署名調印を終えた。これで万事終った。いい仕事だったと思う——そのおかげで来週一〇〇ポンド受け取るはずだ——そのゆえに神は褒むべきかな。」「今夜給仕のウィルを通じ、一〇五ポンドを受け取った——この前のタンジャ糧食補給契約の骨折り料のお初穂《はつほ》である——このゆえに神は褒むべきかな。というのは、曇りなき良心をもって言うことができるが、このことによって国王陛下に年五〇〇〇ポンドの節約をして差し上げたからだ。しかもわたし自身には、国王にいっさい損をかけずに、年三〇〇ポンドの望みがあるのだ。」

その三〇〇ポンドもなしにしたら？　などと野暮なことは言わないでおこう。ピープスは、これは賄賂ではないと大まじめに信じているのだ。文句があるなら、もっと安い契約案を出してみろ、とピープスは言いたげである。事実、タンジャ委員会の契約案件審議は、委員の中で誰が最安値の提案を出せるか、入札と同様である。「タンジャ委員会に出席。タンジャへの補給糧食の評価について、レッグ大佐に反対した……コヴェントリ氏もわたしの肩をもってくれた。彼と二人で今年国王のために少しお金が節約できると思う。松材購入の一件で、総額五二〇ポンドのところ、わたしは一七二ポンド節約する案を出した。この案でもわたしには儲けがあるのだ。」彼はその二日前、「昼に交易所へ行き、いろいろ用事をした中で、サー・ウィリアム・ウォレンと、タンジャへ松材を運ぶ件で少し稼ぐのにはどうしたらよいか、相談」している。だから、すべてはピープスの勉強の成果なのだ。

〝助言者〟たち

そしてサー・W・ウォレンはピープスの最良の助言者だった。「サー・W・ウォレンと四時間以上も、とても遅くまで、四方山《よもやま》話をし、正当な方法いっさいを尽くして、可能なる限り、彼のため、わたし自身のために奉仕する、という固い盟約を結んだ。彼は今後たいそう好意的になり、恩を忘れないことと思う。」「サー・W・ウォレンは、イギリス中の友の中で、国王以外に、わたしに稼がせてくれることももっとも多かった人である。」「サー・W・ウォレンがやってきた。わたしはいつも彼からいろいろ学ぶところがある。彼の談話はたいへん有益で、頭も良い。」よくは知らないが、「管鮑《かんぽう》の交《まじわ》り」とはかくのごときものを言うのだろうか。

もう一人、ゴーデン氏というのがいた。これも食糧納入業者で、先のアンドルーズ氏の競争相手だった。「今朝ゴーデン氏の番頭のニコラス・オズボンが役所にやってきて、一〇〇ポンドぐらいの予算で、どんな銀器がお望みかとたずねてきた――それだけの金を任されており、わたしと顔なじみのゆえ、自分でたずねにきたのだと言う。どんなふうにゴーデン氏のお役に立てるか分からないから、何も貰いたくないと、長い間辞退した。しかし万事を彼に任せることにした。すると昼に、生まれてこの方はじめて見るほど立派な酒びんが一対、上等の革のケースに入って、家に届いていた。貰っておくかどうかは分からない。というのは、これは今度のタンジャ糧食補給問題で、わたしに義理を負わせるためなのだが、そうはなりたくないからだ。でも、どちらが契約を取ろうと、どう転んでも何か手に入ると分かって嬉しい。それで心うきうきそれを眺めて、しまいこんだ。」契約はアンドルーズ氏が落札した。「ゴーデン氏がやってきたので、いい機会だと思い、彼の贈り物の話をした。話が纏《まと》まらなかったから、あの贈り物がずっと気にかかっていたのだ。というのは、あれはタンジャ糧食補給問題でわたしを彼の味方につける誘い水ではなかったか、と思ったからである。しかし彼は、そうではない、わたしという人間、そしてあの問題についてのわたしのやり方を非常に高く評価しているからだ、と安心させてくれた。あの贈り物は、自分の用件を手早く片づけてくれた昔の好意のお礼だ、と言っていた——これを聞いて嬉しく思い、心は安らぎ、大いに喜んで彼と別れた。」

賄賂も薬と同様、頓服《とんぷく》ばかりというのは感心しない。ゴーデン氏のこの奥床《おくゆか》しい贈り物はじわじわゆっくり効果を表わす。それにピープスのほうでも水心に欠けてはいない。ゴーデン氏はアンドルーズ氏の後釜として糧食納入を引き受け、ピープスは彼のために代金の支払いに特段の配慮をする。そしてゴーデン氏もまたその好意に応ずる作法を知っている。「約束どおりゴーデン氏に会い、タンジャの代金残額八〇〇〇ポンドのうち、四〇〇〇ポンドの支払いを申し出た。彼はこの話を実に好意的に受け止め、きわめて率直に、自分には三五〇〇ポンドの小切手でよい、残りの五〇〇ポンドは手許に止めておいてくれ、と言った——そうするのは、まこと意に沿わなかった。というのは、当てにしていたのは、一〇〇ポンドほどだったからだ。が、しかし、彼は是非そうしてくれ、いろいろたいへんお世話になっているからと言うのだ。わたしはほんとに彼を愛している。彼はその値打ちのある男だ。」「食後ゴーデンを脇へ連れて行き、用件を完了してたいへん嬉しく思った。彼の気前よさは大したもので、四〇〇〇ポンドの受取書にサインしておいて、三五〇〇ポンドの小切手を受け取るのだ。これは大いなる祝福である。神よ、このことに対し、まことの感謝の念を起こさしめ給え。」蛇足ながらつけ加えると、ゴーデンはこうした気前よさが祟《たた》ったのか、この後破産し、不思議な巡《めぐ》り合わせで、彼が全盛の頃に建てた家でピープスが最後の息を引き取ることになる。

あうんの呼吸

良心の目覚め

小市民の特性は良心的であることだ。だからピープスも一度受け取った賄賂を返すことがある。「錨鍛冶《いかりかじ》のダウニング氏がきた。彼は先月デトフォド工廠の鍛冶長になりたいから、サー・W・コヴェントリに口を利《き》いてくれと金貨五〇枚もってきたのだ。しかし、その願いを叶えてやったところ、都合で赴任できず、話はそのまま沙汰やみになってしまった――わたしの肝煎《きもい》りも無駄になった訳だ。だから名誉にかけ、また良心にかけて、彼を家に連れて帰り、たいへん悲しい思いをしながら、自分から進んで無理やり彼にその金を返した。彼は気が進まぬ様子だったが、とにかく受け取らせて帰した。これだけしておけば、彼もわたしのことを褒めるだろうと嬉しく思っている。」だが、その翌朝ピープスは、「五時に起きた。これは久しぶりのことだ。水路テムズ河を下って、デトフォドへ行った。ほかにも用事はあったが、鉄工所の状況を視察し、ダウニングに五〇枚を返させるような気にならせることを何かしてやろうと思ったのだ。」そして月末、貯金の計算をすると、「悲しいかな、先月より二〇ポンドほど少ない――その訳は、鍛冶屋のダウニングの五〇ポンドを返さなければならなかったからだ。」

それにピープスはいつもいつも気安く袖《そで》の下を開けていた訳ではない。「今朝役所へ出かける前に、旗屋のヤング、ウィスラー両氏が訪ねてきて、たいそう真剣な顔をして箱を一つ差し出し、受け取ってくれと言った。中には少なくとも金貨一〇〇枚あると推測したが、にべなくこれを断り、最後まで受け取らなかった――実を言えば、こういう心付けを貰って安心できる相手とは思わなかったし、これまで何かかなりのことをしてやった覚えもないからだ――が、それ以外に、連中の噂から身を守りたかったたし、連中の申し出を断ったと言える証拠をもちたくもあったのだ。」

また、ある商人が船の出航許可を求めてきて、航海が終れば儲《もう》けから一〇〇ポンド出すと約束した。ところが、「この航海は損になった。船が沈んだか、何か事故があったか、その辺は知らない。それで彼は、予定どおりのことはできないが、金貨六〇枚を進呈すると言ってきた。わたしは、たとえもっと多額の約束だったとしても、一文も要求はしないし、六〇ポンドなどという金は受け取るつもりもない、が、もし余裕があるのなら、わたしは五〇枚ほどで十分だ、と答えておいた。それで今度紙包みをもってきた。後で金貨五〇枚だと分かったのだけれど、それを受け取る前に、自分は何も強要はしないから、懐《ふところ》とよくよく相談してからにしてくれと彼に言い、一度二度断ったけれど、三度差し出したので、それでわたしも受け取った。」三顧《さんこ》の礼の話も中国の専売ではないようだ。そしてピープスは、その後へこうつけ加えることを忘れない。「今後この件につき、何か糺明《きゅうめい》があった時の身の証《あかし》に、このことは詳しく書きつけておく」と。

「付届」考

こういう付届《つけとどけ》に対するピープスの態度はまことに奇妙である。自分の家で開いた宴会に、ゴーデンから貰った銀の酒びんを出し、後から同僚に、「あれはまっとうなことで手に入った品であるはずはない」と噂を立てられても、「それは羨《うらや》ましいから言っているだけ」と考えて動じた様子はない。またある露悪派の男が、「おれの馬は賄賂だし、靴も賄賂だ。オクスフォドの学生が町から外へ出る時に、他人から借り着をするように、おれは頭のてっぺんから足の爪先まで賄賂で出来ている。それにおれはあらゆる商人に賄賂を出させてる。一つおれの家へ来て賄賂酒の味を試してみないか」と言ったとき、ピープスは、「生まれてこの方こんな無駄口利く男ははじめてだ」と評している。要するにピープスは、自分の良心を言いくるめて、主観的に賄賂でないと思えば、それは賄賂ではないのだ、ひょっとして賄賂であり得たとしても、その挙証義務《きょしょうぎむ》は自分にはない、と考えていたようである。

それでいて何か後ろめたい気持を禁じ得ず、自分の清廉潔白《せいれんけっぱく》の弁解にこれつとめるのだから、ピープスの行動はまことに滑稽《こっけい》である。だが、そのピープスに近代的市民社会の理念の萌芽を見るとしたらどうだろう。自己を政府機構の一機関と客観化して、私情を容れず、専門的知識を駆使して、忠実に機関としての義務をはたし、全体のために奉仕する。これが近代的市民社会の官僚の理念だろう。だがもう一方には、その反対に「国家《レ》たぁ《タ》・おれ《セ》・のこった《モァ》」と濁《だ》み声《ごえ》利かせて嘯《うそぶ》くやり方がある。ピープスは、ピューリタン革命以後澎湃《ほうはい》として起こってきた、近代社会の理念に忠実たらんと努力した。が、彼の時代は封建制〔といってもこれは歴史学的に厳密な意味での言葉ではない。漠然と旧体制というほどの意味である〕の時代だった。彼の滑稽さは、太っ腹の封建主義の恣意《しい》的清濁併呑性《てきせいだくへいどんせい》と、近代的市民社会の良心的機能主義的理念の谷間で、抜き差しならぬ姿を呈している、その時代性にあるのかもしれない。それでもピープスには、滑稽の一語でもって律し切れない、人間的なものがある。それがそうであるのは、封建制とか市民社会とかいう理念が、単に時代的なものではなく、人間性に内在する永遠の対立・矛盾であるからなのかもしれない。それが証拠には、ピープスの記録した収賄術は、ほとんどすべて、これを古今に通じて謬《あやま》らず、中外に施して悖《もと》らないものなのだから。

増えつづける貯金

だが、脱線は慎まなければならない。ともかくピープスの貯金は、タンジャ委員会委員就任以後、飛躍的に増加する。それを一目瞭然に示すため、今度は彼の毎年末の貯金額の増加を折れ線グラフでお目にかけよう（図2）。六二年一一月が委員拝命の時期であり、六五年には彼はタンジャ委員会出納長となって、その財政を一手に預る。当時国家予算の支出は国庫証券で行われ、これで物資の買い付けをし、商人は大蔵省で証券を換金する。しかしチャールズ二世の手許は不如意で、証券の現金化にずいぶん時間がかかるため、商人はその間の金利を当然納入物資の代価に上乗せする。それでピープスは自分の現金で商人の国庫証券を安く買い取り、後ほどそれを優先的に換金して、ちゃっかり鞘《さや》を取ることを思い

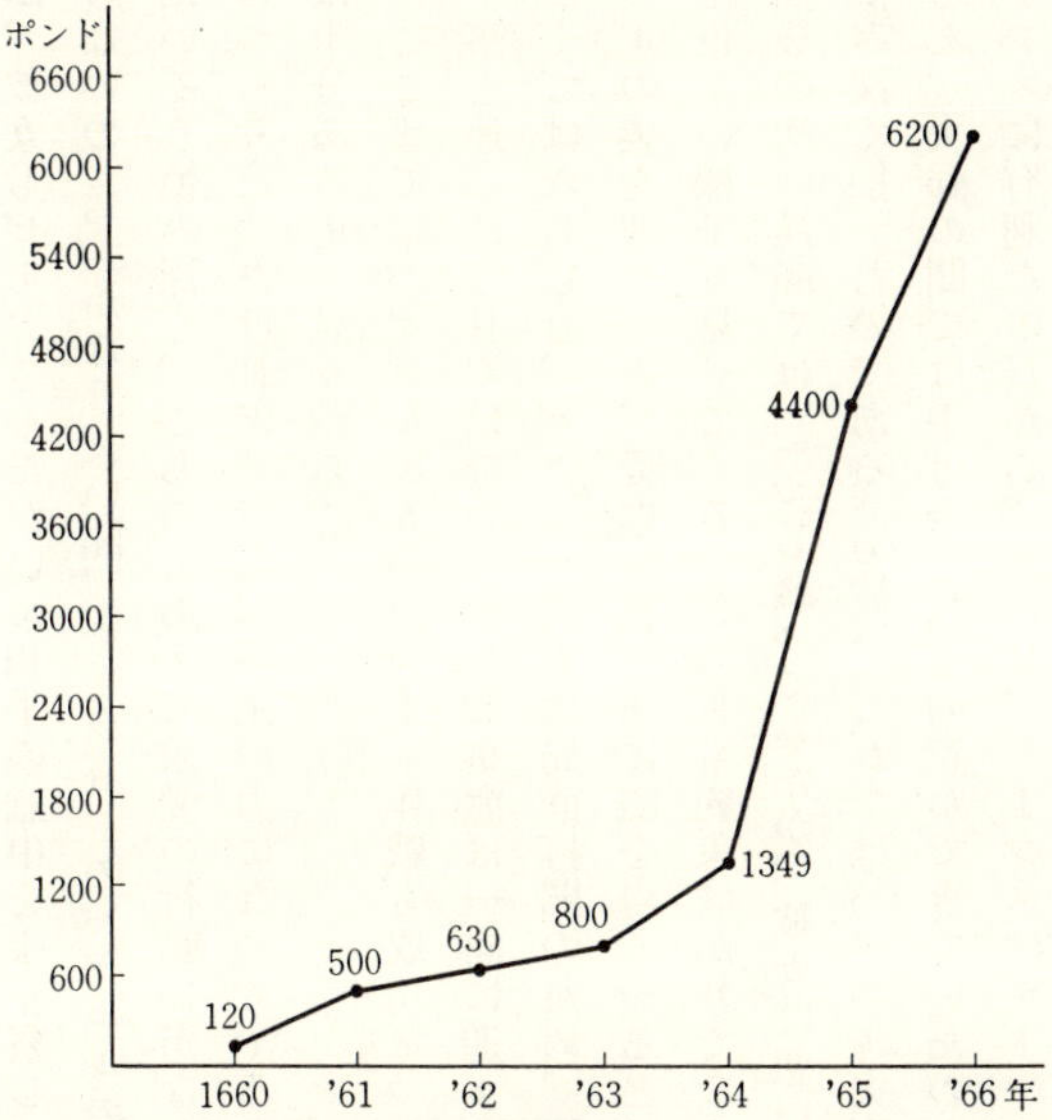

図 2　ピープス氏の貯金の増加

ついた。だから彼の貯金は斜面を転がる雪球《ゆきだま》のように太ってゆくとともに、その計算がまことに複雑になって手に負えず、六七年六月以降はそれを諦めざるを得なくなっている。

役得はただ金銭のみにはあらず

しかし、ピープスの役得はただ金銭のみには止まらなかった。デトフォド工廠の大工「バグエルとその妻が道でわたしを待っていて、もっと良い船に勤められるよう力添えを頼んできた。承知したふりだけしておこう。わたしの本心は彼の妻とも少し知り合いになることなのだ。」

もちろんバグエル夫人は、夫の栄進のため雄々しくも挺身工作隊員となる覚悟だったのだ。だが、彼女もピープスもたがいに相手の意中をよく察していた。おたがい食い逃げされてはつまらないのだ。「かなり長い間、デトフォドのバグエルの妻と差し向いでいた。しかしこの女はたいそう慎み深く、こちらもあえて求愛の行動に出なかった。部屋へ連れて入った時には、そのつもりだったけれど。でも、亭主の力になってやろうと決心した。あれはそれだけの値打ちは十分ある男と思うから。」

ここまではバグエル夫人のカマトト作戦も成功だった。しかし、ピープスとて手付金も貰わず事を運ぶほど甘くはない。それで事態は一向に進まないまま、五カ月が荏苒《じんぜん》として過ぎた。かくてはならじと、バグエル夫人は局面打開のため、態度を軟化させる。「役所の部屋へバグエルの妻を連れこみ、愛撫した。夫に職を得てやると言い、約束すると、彼女も日ごとだんだん色よい様子を見せてくる。こちらも約束ばかりでなく、実行するつもりだ。」しかし、二週間後の次の逢瀬《おうせ》では、「少し誘ってみたが、彼女は悪いことには応じる様子もなく、たいそう慎み深く拒」むのである。だが、これではバグエル夫妻の希望は叶わない。この頃ひょっとすると、夫婦の間では手付金を払う同意ができていたのかもしれない。力関係はなんとしてもピープスに有利なのだから。ある日、ピープスはデトフォドのバグエルの家を訪ね、食事の馳走にあずかる。「食後機会を見つけて、夫を外へ使いに出した。彼女と二人になって、わたしの欲するところを為そうと試みた。彼女の力に逆らってそれを為したが、満足は得られなかった。やがて夫が戻ってきたので、わたしは帰った。」

この後、二人の関係は深まってゆくが、それでもバグェル夫人は時として抵抗を示し、契約の履行の必要性をピープスに想起させる。「左手の人差し指がたいへん痛い。昨日述べた女性との揉み合いでくじいたためだ。」相手がバグェル夫人だったことは言うまでもない。そして六七年二月一日には、ピープスは彼女の家を訪ねる。「彼女は家でわたしを待っていた――〔この後、例の国際語で多少訳しづらいことがムニャムニャ書いてある。〕――やがて夫が帰ってきた。彼には全然気づかれなかった。そしてディーン氏の新造船の仕事を彼に貰ってやるという用件を話し合った。そうしてやるつもりだ。」おそらくバグェル夫人側からの支払いはこれで完了したのであろう。この後間もなく、バグェルは大工長としてハリッジの工廠に栄転する。まことにめでたい話である。そして、ここまでくるのに三年半の時間がかかっている。イギリス人は粘り強いのだ。それにしても、出と入りのきっかけをとちらぬところなど、亭主のバグエルもかなりの役者のようである。ピープスとて、もちろん、やらずぶったくりの礼儀知らずではなかったが、「彼女は何度もたいそう信心深い様子を見せていたけれど、わたしにすべてを為すことを許した」という、一廉《ひとかど》の色事師を気取った述懐は、たぶん自惚《うぬぼ》れにすぎないだろう。

取引完了

VI　ピープス氏、ペストと闘う　一六六五年

ねずみ取り屋

「この疫病の時ほど陽気に暮らしたことはない(それにこれほど収入の多かったこともない)。」

ペスト大流行

一六六五年二月、イギリスは貿易の権益を争ってオランダと戦争を始めた。その後間もなく不吉な噂が伝わってくる。それはペスト流行のことである。中世の黒死病などヨーロッパで有史以来数回の大流行をみたこの伝染病が、この年ロンドンを襲い、当時の人口五〇万弱の中で約七万人、つまり七人に一人の犠牲者が出たといわれている。『ロビンソン・クルーソー』の作者ダニエル・デフォーは、およそ六〇年後、当時のロンドンの様子を、文献や聞き書きから再現し、『疫病の年の日録』という秀れたノンフィクションの作品を残しているが、この流行の期間ほとんどをロンドンで過ごしたピープスの日記の迫真性も捨てたものではない。

「主よ、憐れみ給え」

ピープスがはじめてペスト流行の噂を耳にしたのは、四月三〇日のことである。「ここシティでは皆たいへん疫病のことを心配している。もうすでに二、三軒閉鎖された家があるそうだ。神よ、われわれ皆を守り給え。」そして五月二四日、「コーヒー店へ行った。話はオランダ艦隊が出航したこと，この町ではペストがはやっていること，その予防策のことばかりだ。ある人はこれがいいと言い，またある人はあれがいいと言う。」六月七日，「今日まったくつらいことに，ドルーリー・レーンで赤い十字のしるしを戸口につけ，『主よ，われわれを憐れみ給え』と張り札をした家を二，三軒見た――悲しい光景だった。この種のものを見たのは，覚えている限りではじめてだから。自分の体と匂いが変に思えてきた。それで葉たばこを買って，匂いをかぎ，嚙まずにはおられなかった――そうするうちに心配は消えていった。」おそらくこれは，コーヒー店で聞き覚えた予防策の一つだったのだろう。このおまじないが利いたのか，ともかくピープスは伝染を免れる。赤い十字のしるしと，「主よ，われわれを憐れみ給え」の文句は，当時の法律に定められた，まったく原始的な隔離手段なのである。ペスト患者の出た家は，このしるしと文句を戸口に掲げて閉鎖され，患者もその家族も，病気が治るか死ぬかするまで，近づく人もなしに閉じこめられなければならなかった。

ペスト，シティに入り妻を疎開させる

六月一〇日，「ペストがシティに入ってきたと聞いて，非常に心配している。（始まってから三，四週間の間は，まったくシティの外だったのに。）ところが始まったとなると，場所もあろうに，ファンチャーチ通りのわが良き友人，隣人のバーネット先生の家ときた――この二つの点でひどく心を痛めている。」六月一一日，「バーネット先生の戸口が閉まっているのを見た。しかし隣近所の人は好意をも

Multituds flying from London by water in boats & barges.

市民ロンドンを脱出(水路)

っているという話だ。まず自分から名乗り出て、進んで閉鎖を受けたからだ——実に立派なことだ。」だが、明日はわが身の番かもしれない。「この病気のことで心が悩む。頭はまた別の用事で一杯だ。とくに、わたしの持物財産をどう整理するかだ。もし神のお召しがあった場合——だが、そのことは、神がおんみずからの栄光のために定め給う。」それで、まず妻の疎開を考える。「ウリッジでシェルデン氏と相談した。妻を一、二カ月彼の家へ行かせるのだ。彼も承知したから、たいへん都合がよいと思う……町では病気がたいそうつのり、皆こわがっている——この一週間で疫病の死者は、前週の四三人から一一二人になった。」当時ロンドン市長から、市内各教区の報告を基にして、初歩的な死亡統計が毎週発表されていた。ピープスはこの数字を欠かさず日記につけている。

「三十六計逃げるにしかず」と疎開を思いつくのは、ピープスだけではない。六月二一日、「帰路クリプルゲートの叉鍵亭《ザ・クロス・キーズ》に立ち寄る。ほとんど皆町を出て行くらしい。馬車や荷車は田

同（陸路）

舎へ行く人で一杯だ。」市民ばかりではない。王様も逃げ出して行く。六月二九日、「起床、水路ホワイトホール宮へ行く。中庭は町を出て行く準備をした荷馬車や人で一杯である。」七月五日、ピープス夫人は疎開する。「水路ウリッジへ行く。妻と女中二人は安着していた。まあまあ居心地よく暮らすことだろう。彼女たちが夜食を始めるところを置いて出てきたが、妻と別れて心はいと悲しい。妻がいないとずいぶん不便だ。とはいえ、この疫病の時期に、家族のことまで気にかけるのは、いささか面倒だけれど。」

しかし、妻と別れて心いと悲しいのは、例によって、当座だけで、浮気の虫はすぐ頭をもたげてくる。「酒肆琴球《ザ・ハープ・アンド・ボール》亭へ行き、メアリと午後遠出の約束を取りつけた。すったもんだの末、やっと承知してくれたのだ……約束どおり水路琴球亭へ。そこから新交易所でメアリと落ち合い、馬車でハイゲイトからハムステッドを実に楽しくドライヴした。かわいい無邪気な娘で、いっしょにいてとても楽しかった。彼女を相手にほとんど思うままの快楽を得た。」

町はどんどんさびれてゆく。七月二二日、「ヴォクスホールのスプリング遊園へ行ったが、客の姿は一人として見えなかった――町はがらんどう、ここへ来る人などいないのだ……馬車で家に帰ったが、ホワイトホール宮から家まで、馬車二台、荷車二台にしか出会わなかった――この目で見たのはそれだけ――通りには人影も実にまばらだ。」死者の数もどんどん増えてゆく。七月一三日の週はその数七二五、次の週は一〇八九である。「今日ウェストミンスターで聞いた話でたいへん心配している。市の役人たちは他に場所がないと言って、開けっぴろげの野っ原に死人を埋めているのだ。」七月二六日、「病気は今週この町内にも入ってきた。実際いたるところどこにでも入りこんでいるのだ。」「町内の教会で今日何度も弔鐘《ちょうしょう》が鳴るのを聞いた。悲しい音だった。死者が出たのか、埋葬のためなのか、五、六回は鳴ったと思う。」

死者の埋葬――最初は威儀を正して

遺言書を作成する

七月二六日、ピープスは、「魂と肉体と両方に関し、物事の整理を考え始めた。神よ、どうかこのことをなさしめ給え。」だが、彼は多忙である。八月八日、「食後バグエルの女房が戸口で待っていた。いっしょに役所へ行き、欲することのすべてを行った。」八月一〇日、「遺言書の書き直しのため帰宅。誓いを立てて明日の晩までに片づけると自分を縛っているのだ。町はすっかり不衛生になっているから、人間二日続けて生きられるかどうかも不確かなのだ。」八月一二日、「デトフォドへ戻ってくると、バグエルの親父がしばらくついてきて、娘の家へこいと言う。行ってみると、親父は外へ出て行ったので、わたしは娘に思いを遂げた。」したがって遺言書の完成は、誓いにもかかわらず、一三日にずれこんでしまう。「俗世のことについては、まるで一〇〇ポンドの財産もないかのように、心自由に床についた。帳簿も書類も、手許にあるすべてのものは清算ができている。そして総じてわたしの財産は（ブランプトンの不動産は別として）、総額二二一六四ポン

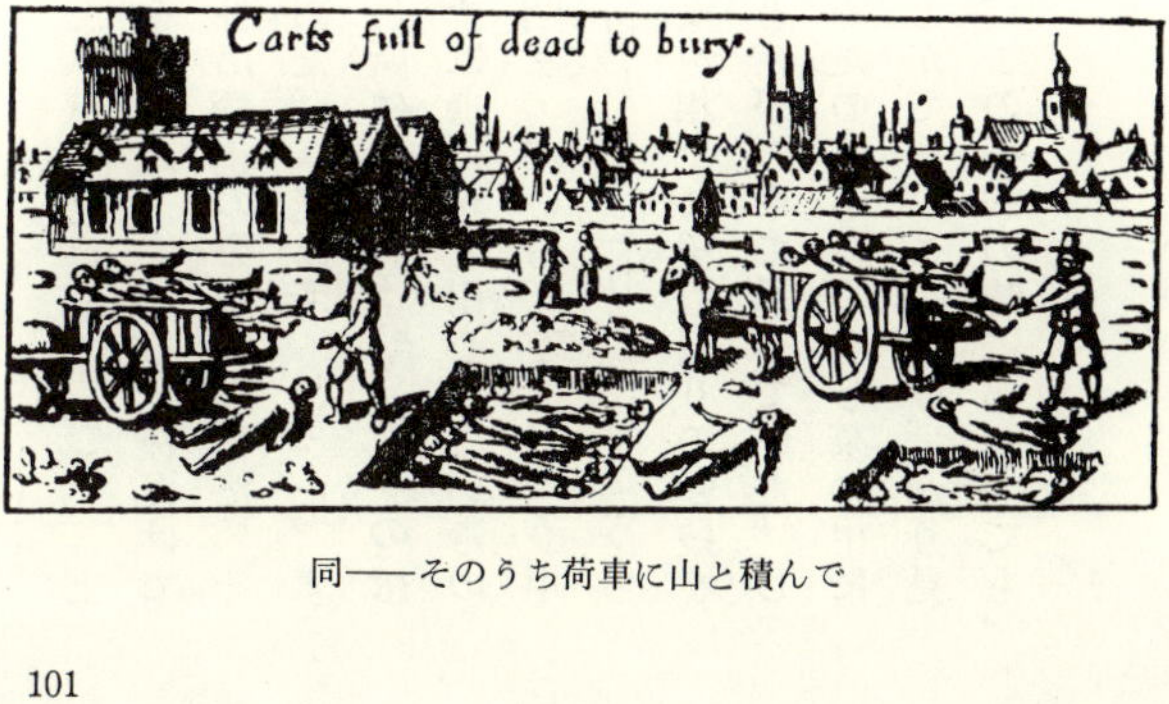

同――そのうち荷車に山と積んで

ドである。」

一富士二鷹三茄子

八月一〇日の週の死者は二八一七、それが次の週には三八八〇にはね上がる。「どんどん死人が出るものだから、今では皆昼間にも埋葬をしたがっている。夜だけでは足らないのだ。ロンドン市長は市民に夜九時以降は外出禁止の命令を出した。それもすべて(噂では)外気を吸いに外出する自由を病人に与えるためだ。」「交易所へ行った。ずいぶん久しぶりだったのだが、なんと、通りには人影もなく、交易所にも二、三人というのは悲しい光景だった――閉じられてある戸口が、すべて疫病のためではないかと用心しているのだ――まわりを見ても、少なく見積もって三軒に二軒はたいてい閉まっている。」こういう中で、ピープスはある夜夢を見る。「何のきっかけか昨夜の夢を思い出した。これまで見たうちで最高の夢だと思う――カースルメーン伯爵夫人を腕に抱き、彼女を相手に望む限りの愛技を許されたのだ。そしてこれは現《うつつ》であるはずはなく、夢にすぎないと、夢の中で思っていた。しかしそれは夢で、しかも夢でありながらあれだけほんとうに楽しめたのだから、もし墓の中にはいったとき(シェークスピアがたとえているように)夢を見ることができ、こんな夢ばかり見ていられるとしたら、なんと仕合せなことだろう――そうなれば、この疫病の時にあたっても、今のように死をこわがる必要もないのだ。」

悟りを開くピープス

ピープスはすでに二年前、人間生命《いのち》あっての物種《ものだね》で、死んだらおしまいという悟りを開いていた。六三年一〇月、ピープスの見るところ才徳兼備・高潔有能の士が、わずか三八歳で世を去った。ピープスは故人の生前の姿を褒め讃えながら、「死は避けがたく、突然のもので、たとえいかに高貴、富裕、善良の人の場合といえど、他人の心にほとんど影響を与えない。万人は皆同じように死ぬ。誰が死のうとあまり大した相違もない。良い死に方をするとしても、その値打ちはこの世では大したものではない。そんなことは知りもせず、それに一文の価値も認めない人が多いのだから」と、言っているのである。

このとき後にクェーカー教徒の大立物となる若いウィリアム・ペンは、父親の家を出て、リンカンズ法学院で法律修業中だった。そして彼は後年この時のことを回顧して、主はこの疫病の時期に、彼に「この世の空しさを痛感」させ給い、彼は「生命と救済の道を示し給わんことを、と、悲しくつらい叫びを上げた」と言っている。ピープスとペンと、どちらが偉いかということになると、話はややこしくなるが、ほとんど同じところに住み、同じことを見聞きしながら、二人の人間の間で、反応はこのように両極に分かれる。人間とはまことに奇妙な存在である。

至福の喜び――金儲け

しかし、人間の生命がいかに儚《はかな》くとも、金が儲かる限り、ピープスにとってこの世は空しくない。「用意ができたとたんにアンドルーズ氏が訪ねてきたので、たいへん満足した。そして彼といっしょにタンジャの決算に取りかかり、彼との勘定を全部清算できて実に嬉しかった――そればかりか、請負業者への貢献料として、この前受け取った以後の清算をすると、わたし個人の利益は二二二ポンド、一三シリング、〇〇ペンスとなる――午後現金で受け取った。」「最近の儲けは非常に大きく、たいへん満足している。それに近いうちにあと二つ三つ含みの多い仕事がまだ手に入りそうだ――それもまったくタンジャとサー・W・ウォレンのおかげである。」「しかし主よ、通りで出会うすべての人は、表情も話も死神に取りつかれ、他のことはおくびにも出ない。行き交う人影もまばら、町は窮乏の底にあって、廃墟のようだ。そこを一回りしてからヴァイナーの銀行に戻ったが、用件はちゃんと手筈がついていて、彼らとの今日までの勘定を全部清算して、大いに満足した。そして家に帰り、一日中、深夜まで、タンジャと個人と両方の勘定の整理にかかった――後者のほうでは、実に嬉しいことに、これまでの断然最高の状況にあると分かった――貯金二一八〇ポンドなにがし。その他金銀器や品物を金で評価すると、さらに二五〇ポンドになる――これはまことに大いなる祝福である。主よ、感謝の念を起こさしめ給え。」

ピープス、ロンドンを出る

八月一九日、海軍省にグリニジへ移転の命令が下り、これ以後ピープスはロンドンを出る。「グリニジまで歩いて行ったが、途中で死体を入れた棺を目にした。死因は疫病だ。クーム農場の囲い地の中に、露天のまま放置してあった。昨夜運び出したのだが、教区のほうではその埋葬役に誰も指定せず、ただ夜昼番人をつけて、誰も出入りせぬようにしているだけなのだ。ひどいことだ――今度の疫病でわれわれはおたがい同士、犬に対する以上に残酷になっている。」八月末から九月初めにかけては、死者の数は六九八八である。「外出すると、教区書記のハドリに出会った。疫病の様子はどうだと聞くと、ずいぶん増えている、とくに町内はひどいと言った。『というのは』と、彼は言うのだ。『今週は九人も死んだからだ。けれど報告のほうは六人だけにしておいた』――これはまったく怪《け》しからぬことだ。他所でも同じなのだろうと思う。それだから、疫病は皆の思う以上にずっとひどいのだ。」こういう程度の報告を基にして作られたものであるから、ロンドン市長発表の死亡統計の数字それ自体は、信用できるものではない。しかしそれでも、疫病の蔓延《まんえん》は気温の上昇とともに激化し、おおよそ九月中旬に峠《とうげ》を越し、涼風の立つ一〇月に終熄《しゅうそく》に向かったことぐらいは、推測できる。ピープスの記録によると、九月二〇日の週の死者は最高の七一六五、一〇月三一日の週のそれは一〇三一とあるからである。

死を悼む

だが、その間なんと多くの人が死んでいったことか！　八月二五日、「今日、わたしのかかっていたバーネット先生が、今朝疫病で死んだと聞いた。不思議なことだ。下男が死んだのはずっと前のことで、彼の家は今月閉鎖解除になったというのに。今度は本人が死ぬとは。かわいそうに！　運の悪い人だ。」「統計表全体の数は減ったけれど、シティの境界内では増えており、今後もその状態が続きそうだ。そしてわが家にまで迫ってきている――

ファンチャーチ通りで疫病の死体に出会った。まっ昼間わたしのすぐそばを、シティを通って、埋葬のために運んでゆくのだ――腫物《はれもの》のできた人が、グレイス教会のところで、馬車に乗ってわたしのすぐ近くを通ってゆくのを見た――タワー・ヒルの下手の天使亭《ザ・エンジェル》は閉鎖中だ。そればかりか、タワー桟橋のビヤホールも同様だ。ただそれだけに止まらず、この前そこへ行った時――ついこの間の夜のことだ。ちょっと手紙を書こうと立ち寄ったのだが――その時に疫病で死にかけの人がいたのだ。おかみが亭主に向かって悲しそうに、だれそれの容態はひどく悪いと言っているのを洩れ聞いたが、それが疫病だとは思わなかった――かわいそうに、船頭のペインは子供を一人葬って、自分でも死にかけているそうだ――この間ダグナムへ妻たちの様子を問い合わせにやった人夫が、疫病で死んだという話だ。それに毎日使っていた常雇《じょう》いの船頭の一人が、先週の金曜日の朝、わたしが一晩中テムズ河に出ていて船から上がった直後に、発病し(だからあの日ブレーンフォードでうつったのだと思う)、もう死んでしまっている――召使のW・ヒューアとトム・エドワーズの両方とも、今週聖セパルカ教区で疫病のため父親を亡くした――こういう話を聞くと、たいそう悲しく不安な気持になる。当然のことだけれど。」

悲しみのなかの美談

今やロンドンは衰微《すいび》のどん底にある。九月二〇日、「だが、主よ、これはなんと悲しい時世であることか。テムズ河には船の影一つ見えず――ホワイトホール宮の石だたみには、あちこちいたるところに草が生えている――通りにはあわれな連中以外誰もいない。」「ロンドン塔まで歩いた。だが、主よ、通りはなんとがらんどうで淋しく、かわいそうな病人たちが出歩いているが、皆腫物ができている。歩いている間にもいろいろ悲しい話を耳にした。皆、この人が死んだ、あの人は病気だ、ここでは何人、あそこでは何人、などということばかり取り沙汰している。ウェストミンスターには医師は一人もおらず、たった一人薬屋が残っているだけで、皆死んでしまったということだ。」

けれどこの間にも、時として人道主義的美談がなくはない。「フッカー市参事会議議員の話では、問題の子供はグレイシアス通りに住むたいそう裕福な市民、鞍《くら》職人の子供だそうだ。他の子供たちを皆疫病で葬ってしまい、自分も妻も閉鎖され、逃げる望みがないので、この幼い子の生命だけは救いたいと願い、八方説得して回ったあげく、その子を丸裸にして友人に抱かせ、その友人が(新しく新品の着物を着せて)グリニジまでつれてきた。わたしたちもその子を受け入れて、町で養うことにしようと同意した。」

ペスト、終熄する

しかし、一一月ともなると、さしも猛威をふるった疫病も下火になる。一一月三〇日、「実に喜ばしいことに、今週の統計では総数五四四のうち、疫病の死者はわずか三三三だ――という訳で、できるだけ早くロンドンに戻るよう奨められている。父からたいへん嬉しい報らせだと手紙がきた。ヨークから今週またロンドン行きの馬車が通い始め、満員なのを見た、と。」年が明けるとロンドンの様相は一変する。「町が今のようにまた混み始めたのを見るのは楽しいことだ。店は開き始めている。あちらこちらで七軒、八軒、いやそれ以上もずらりと閉まっていることもあるが、それでも以前に比べると、町は賑《にぎや》かだ。」生まれながらのロンドン子であるピープスには、ロンドンの復活は楽しいことだったに違いない。それに流行期間中の大部分をロンドンに踏み止まり、任務を離れなかったピープスには、皮肉な楽しみが残されていた。「ゴダード先生は、自分や同僚の医師たちが疫病流行時にロンドンを出て行ったことを弁解して、長広舌《ちょうこうぜつ》をふるって行った。皆自分の患者がたいてい町を出て行ってしまい、暇になったからだ、とかなんとかいろいろ言っていた。」「疫病以来はじめて、妻といっしょに教会へ行った。その目的はミルズ牧師の帰ってきて最初の説教を聞くためだ。いち早く教区を出て行き、皆が帰ってくるまで戻らなかったことを、さぞや弁解するだろうと予想していたが、実に貧弱な、短い言い訳をしただけ、それに説教も下手だった。」しかし、目を窓外の墓地に転じると、そこにはおそろしい光景が待っていた。「実際これほどびっくりするとは思わなかったほどびっくりした。墓地は、疫病で埋葬した沢山の人の墓で、地面が盛り上がっているのだ。当分二度とここを通らないことにしよう。」この墓地には疫病で三二六の死体が葬られたのである。

ピープス、哲学を語る

疫病猖獗《しょうけつ》のさなか、九月二四日、ピープスは書いている。「神の思召《おぼしめ》しで、この悲しい疫病の時に、他のすべてのことはわたしの幸福と快楽に役立った」と。幸福については、先の貯金のグラフを見て頂ければ、六五年度の増加がいかに飛躍的だったか、お分かりになると思う。快楽のことは他にも例はあるのだが、すでに述べた二、三のものからご推測願いたい。国際語による記述もこの年あたりから、回数が目立って増えてくる。明日の身も分からぬ疫病の試練は、たしかにピープスを刹那《せつな》的享楽主義に傾かせていったようである。前掲の観劇回数のグラフもそのことを裏書きしている。翌年の二月、妻と小間使をつれて旅行に出かけ、帰途ウィンザーを見物した帰り道、ピープスは自分の哲学の一端を披露《ひろう》する。「四頭立て馬車で、召使と小間使を連れて出かけ、ここへ来て、大変なもてなしを受け、あれほど丁《てい》重《ちょう》に扱われ、ウィンザー城へ行き、あれだけいろいろの物を見せてもらい、みんなに心付けを渡すだけの金もあり、帰ってくるときもすっかり上天気で、心配も苦労もいっさいなしだったことを考えると、自分は幸福だと思わなければならないと思うし、今わたしは人間としてもっとも仕合せな場合にあると思う。われわれは将来の安楽気楽を期待して苦労を重ねるが、わたしはわれとわが身に、今が仕合せと思い、そう考えて今を楽しむよう教えてきた。将来の富を考えて慰《なぐ》さむだけで、今享受している快楽を忘れるようなことがあってはならないのだ。」

出納長に出世する

事実、ピープスの日頃の精励が、この年一斉に花を咲かせ、実を結んだかの感がある。すでに述べたように、タンジャ委員会出納長《すいとうちょう》に昇進したのは、この年の三月である。これは支出一シリングにつき一ペンスの手数料が認められている結構な職だった。「水路大蔵省へ。一万七五〇〇ポンドの国庫証券振出し交渉のため、役所の中をあちこち歩き回った――これはわたしに対する神様のお慈悲の大いなるしるしであると思う。そこの一介《いっかい》の下っ端役人だったわたしが、こんな額の証券を振出しにくるのだから。しかもどんな肩書きでそうしているのかと思うと、これはどえらい祝福だ……。」自分の古巣に錦を飾る。人間としてこれほど仕合せなことはない。まして自分の昔の同僚の何人かは、いまだにそこにくすぶっているのだ。一週間後この証券を受け取りに来て、彼はその連中に一杯ふるまう。「大蔵省へ出かけて、一万七五〇〇ポンドの証券を受け取った。大蔵省から受け取る最初の支払いだ。それから人脚亭《ザ・レッグズ》で旧知の連中――そのうち何人かは書記――に、一四シリングふるまった。」ピープスの得意や思うべしである。

国王と口をきくピープス

国王チャールズ二世をはじめとして、ピープスは要路の有力者たちのお覚えもめでたい。「ホワイトホール宮へ。国王はわたしをご覧になると、寄ってこられ、わたしの名をお呼びになり、テムズ河に碇泊《ていはく》中の艦船のことについてお話しになった。国王がわたしを個人的にご存じだと知ったのは、これがはじめてだ。だから今後宮廷へ出かける時には、ご下問があることを覚悟して、ちゃんとした返事ができるよう準備していなくちゃいかん。」「ヨーク公殿下から、一番信頼しているのはおまえだ、とお言葉を賜った。それを何度かおっしゃったので、わたしはたいそう嬉しかった――それにクレーヴン卿も出てこられて、わたしにおっしゃった。わたしは公爵からずいぶん高く買われている、と。このゆえにわたしは神を祝福する。」「ホワイトホール宮へ行き、タンジャ委員会に出席。新総督ベレーズ卿から声をかけられ、思いもかけぬ、けた外れの大変なお褒めの言葉を頂戴した。こんな言葉を誰かにおかけになるとは、想像もできないことだ。この仕事で信用できるのは、わたし一人とおっしゃらんばかりで、手紙をくれと言われた。」「一時間アルビマール公爵と二人っきりで庭を散歩した。公爵はわたしのことをどう思っているか、思いもかけぬことをおっしゃった。つまり、わたしは海軍の右腕で、わたし以外には誰も海軍の面倒を見てくれる者はおらぬ——だから、もしわたしがいなかったら、どうしてよいか分からぬ、とおっしゃるのだ——これを聞いて(アルビマール公爵からのお言葉だから)わたしは少なからず誇らしい気持になった。」ピープスは自分の評判を日記に書きつけるのが好きなのである。

出世の階段をのぼり続ける

世間のこういう信用は、さらにまた一段の出世をピープスにもたらす。オランダとの海戦に敗れて帰還したサンドイッチ伯は、艦隊の食糧事情の悪かったことをピープスに話す。「ビールは全然ないし、この三週間か一月のほとんど、乾物《かんぶつ》の食糧数日分しかなかった。この前出航したときのこの艦隊ほど、食糧事情の悪いままで出航した艦隊もないだろう。」それでピープスは、艦隊への補給作業能率化の一案として、各軍港に補給監督官をおき、それをロンドンの監督官主任が統轄するという計画を具申する。

「糧食補給の件は思いどおりに進んでいる。他人にも自分にも少しは儲けになるようにと考えて、今頭が一杯だ。そのため家に帰って、コヴェントリ氏に手紙を書き、監督官主任になりたいと申し出た。おそらく味方になってくれると思う。だがそれほど切に願っている訳でもないのだ。もちろんずいぶんと助かるだろうけれど。」仏神は来たらざる果報《かほう》を願う時、かえって災厄を与えるという。仏神の目をごまかして果報を摑《つか》むためには、まず自分で自分に言い聞かせ、たいして望んでもいない振りをしなければならない。第一、ふんどしの外れた時のショックも、そのほうが少ないのだ。

すると思惑図に当たり、ことは願いどおりに運ぶ。「アルビマール卿は、コヴェントリ氏からの話だとして(わたしがコヴェントリ氏に願ったとおり)、糧食補給の件で監督官主任になるよう提案し、わたしも承諾した。しかし、実際コヴェントリ氏の提案の文言は、期待し得る限りの丁重なもの、いやそれ以上だった——わたしがイギリス中の最適任者で、引き受けてもらえたら、かならずや職責をはたすであろう——かつまた、これまでの海軍省内の仕事は、けっしてわたしの苦労や功績に見合ったものではないから、こういう励ましを与えるのもたいそう望ましいことであろう、と書いてあった。」そして任命辞令を手にして、ピープスは思う。「かならずや国王の御為になるはずだ。たいへんよい給料を下さるのだから。」この職の年俸は八〇〇ポンドだった。

こがね虫は金持だ

この頃ピープスの家は財宝満堂の有様である。「神様の思召しで、なんという身分になったことか。今という今、わたしはクラレット赤ワイン八斗入り二樽――カナリア島産白ワイン八斗樽二つに、辛口白ワイン小樽一個――甘口赤ワイン一樽、マラガ産白ワイン一樽、そのほか白ワインもう一樽を、全部揃えて酒蔵にもっている――思うに、現存するピープス家の人間にして、一時にこれだけをわが物とした人間は誰もいないだろう。」たしかピープスは禁酒あるいは節酒中だったはずである。だから、これだけ酒が貯まったのだろう。また、自分の家で宴会を開くこともある。「客たち皆にあっと目を見張らせてやった。実に堂々と銀の皿で料理を出したからだ。それに実際手際のいい晩餐会だった。料理はわずか七品だったけれど、たいそう陽気にはしゃいで、客たち皆を楽しませた――皆たいそう喜んでいた……連中はわたしの銀器、とくに酒びんにすっかり感心していた(あれは実際堂々たる品だ)。すっかり遅くなってから帰って行ったが、皆大はしゃぎで、満足していたことと思う。わたし自身も、自分の持っているもの、自分のすることとすべてが、手際のよさと豊富さの点で、連中のうちの誰がするよりも、断然ずば抜けているので満足した。」自画自讃は精神の衛生に有効である。

だが、福音書にも言うとおり、地上に宝を貯えると盗人が心配になる。「考えてみると妙なことだが、家に大金を置いていると思うと、たいへん心配になってきて、二時間以上もの間、自分が何をしているのやら、何を言っているのやら、ほとんど分からず、あれやこれやと懸念心配ばかりしていた……実のところこの家はとても危険で、忍びこむ口はいろいろある。それに階段の上の窓からだって、上り下りする人間の姿が見える——だが、今夜さえ無事に済めば、手当てをしよう。神様、どうかこの一晩を無事にお守り下さい……それでこわごわ床についたが、鼠の走るたびにすわこそ泥棒かと思い、一晩中うつらうつら——でも、朝になってみると万事無事だった。」

勤勉に神の恵みあれ

一六六五年のピープスの生活はおよそこんなものだった。ピープスは自分の成功の跡を振り返り、次のように述べる。「主よ、あれほど卑しい振り出しから始めたわたしが、今どんな待遇を受けているかと考えると、不思議な気がする。だが、これも神様のお恵みなのだ——精を出し、取り引きで約束をきちんと守っていることに対する祝福なのだ」と。疫病の一夏を経験して、ピープスは勤勉と几帳面《きちようめん》という市民的美徳の天下無敵なることを知る。それさえあれば、後は世間態《せけんてい》を損なわぬ限りにおいて、刻一刻と過ぎ行く現在を楽しんでおればいいのだ。

Ⅶ

ピープス氏、独立する

一六六六年――付・ロンドン大火のこと

公開処刑

「きっとこの一六六六年は、ずいぶん活気のある年になりそうだ。けれど、その結果がどうなるか、神のみぞ知る。」

神秘の年＝一六六六年

ヨハネの黙示録一三章一八節に謎の言葉が見える。「ここに知恵がある。思慮ある者はその獣の数字を数えなさい。その数字は人間をさしているからである。その数字は六六六である。」この神秘の年一六六六年を迎え、ピープスも縁起をかつぎ、「馬車で帰る途中本屋に寄り、やがて来たるこの一六六六年を予言して、二〇年ほど前に書かれた本を買った。獣のしるしだと説明しているのである。」たしかにこの年もまた、動乱の年だった。

禍いは重ねてくる

オランダとの戦争は続いていた。六五年六月三日、殷々《いんいん》たる砲声がロンドン市内でも聞き取れた。「今日一日中、テムズ河上はおろか、このあたりほとんどあらゆるところで、すべての人の耳に砲声が聞こえた。わが両艦隊は確実に交戦中なのだ。そのことはハリッジから届いた手紙で確認されたが、詳しいことは何も分からない。皆公爵殿下の身を案じ、心配している。わたしはとくに殿下に次いで、サンドイッチ卿とコヴェントリ氏のことを案じている。」数日の不安の後、イギリス艦隊大勝利の知らせが届く。「開闢《かいびゃく》以来の大勝利だ。心は喜びに一杯で役所へ帰った。表に大きな篝火《かがりび》を焚かせ、心祝いに給仕たちに四シリングやり――大はしゃぎにはしゃいだ。帰宅、就寝――心は大いに安らぎ、静まった。ただこの勝利の思いは大きすぎて、とっさには心に納め切れないのだ。」翌日ピープスは勝利の記念に服を新調する。「仕立屋へ絹の服を買いに行った。最近一着誂《あつら》えたばかりなのだが、オランダに対する大勝利の吉報を祝ってのことだ。特別に少し着物に金をはりこもうと思う。長い間黒しか着ないと決心していた後だから、色つきのファランダイン織りを買った。」

だが、ピープスの貯金にとって幸いなことに、イギリスの勝利は長続きしなかった。その後戦況は一進一退、サンドイッチ伯の指揮する艦隊は、デンマーク領ベルゲン港に碇泊《ていはく》中のオランダ艦隊を襲撃したが、外交交渉の不手際から、元来イギリスに味方してくれるはずのデンマークはオランダ側につき、そのためイギリス艦隊は大損害を受け、みじめな退却をしなければならなかった。これでイギリス国内におけるサンドイッチ伯の評判はがた落ちになる。禍《わざわい》はかならず重ねて来るのが通例で、サンドイッチ伯はこの後ほとんど失脚同然の窮地に追いこまれる。その事情は、以下のとおりである。

分捕品処分で足がつく

六五年九月一〇日、ピープスは書いている。「コヴェントリ氏から急報。サンドイッチ卿がオランダ艦隊の一部と遭遇、東インド貿易船二隻ほか六、七隻を拿捕《だほ》、非常に金目の分捕品あり、と大吉報を伝えてきた。」サンドイッチ伯は、評価額二〇万ポンドに上る香料や絹織物を満載したオランダ東インド会社の貿易船九隻を捕獲したのだ。これは先のベルゲン港での失敗を補って余りある手柄だった。こういう場合、分捕品はそっくりそのまま係官の手を通じて競売され、売り上げ金の中から、上は艦隊司令官から下は一水夫にいたるまで、捕獲に貢献したすべての人に、あらかじめ定められた割合にしたがって、報奨金が支給される慣習であった。だが、この手続きにしたがうと、報奨金を手に入れるまでにずいぶんと時間がかかる。王政復古以来、国王の寵愛に慣れっこになったサンドイッチ伯は、国王の事後承諾を当てにして、勝手にこの分捕品の一部を換金しようとし、それをピープスに依頼したのである。「殿様は分捕品のうち二、三千ポンドがところを手に入れた、とおっしゃる。まず金を手に入れて、後から国王のお許しを得るのが得策だ——国王からは貰えるときに貰っておくほうが、後になって貰うより楽なのだ、というご意見である。」これを聞いてピープスは、「だがこれからどんな不便が生じるかまだ分からないが、いろいろ面倒は起こりそうだ」と本能的に直感するけれど、君命はもだしがたく、かつまた多少は自分の懐《ふところ》も潤《うるお》いそうな話なので、早速その不法横領品の処分にとりかかる。

掠奪のあとを検分する

これとて秘密裡に事が運んでいたらまだしもなのだが、なにしろ場所は衆人環視の船の上である。上の好むところ下かならず随《したが》うと言われるとおり、水夫たちも負けじ劣らじと掠奪《りやくだつ》に参加する。「殿様のご命令は極端に悪用されたらしい。というのは、水夫たちは船艙にある品物をひっくり返し、掠奪し、こわし、大損害を与え、ひどい有様にして、上等の品を手に入れようとし、上等の品のありかを知っている男を案内に立てた――そして、これを何度も何度も何日にもわたってしておいて、サンドイッチ卿は太っ腹だから、これしきのことはこたえない、と言うのだ。」後ほどこの掠奪の現場を検分に出かけたピープスはあきれ返る。「この世で目にすることもできないような富が散乱して横たわっていた。胡椒《こしよう》はあらゆる隙間から振り撒かれて、踏んで歩かずにはいられない。丁子《クローヴ》やナツメグの中を膝まで埋まって歩く有様で、いく部屋にもわたってぎっちり詰まっている。絹の梱《こり》、箱詰めの銅板、そのうちの一つは口が開いていた。これは生まれてはじめて見るような見事な眺めだった。」

保護者サンドイッチ伯の失脚

事は当然政治問題化する。サンドイッチ伯の競争相手のアルビマール公爵と、海軍省の実力官僚W・コヴェントリは攻撃の先頭に立つ。宮廷内でもサンドイッチ伯のこれまでの栄進を嫉《ねた》む人間は多い。戦争の成行きに不満な議会も、サンドイッチ伯弾劾《だんがい》に出ようとする。「今日立場が揺らぐなどと誰も思いも寄らなかった権力者が、明日にはひっくり返って面目を潰し、先日まで誰しもおっかなびっくり、目もつけなかったその公務上の些細《ささい》な落度が、一々あれこれ取り沙汰される。」今やサンドイッチ伯の政治生命は風前の灯《ともしび》だった。しかしチャールズ二世は、王政復古の功臣への義理を忘れず、サンドイッチ卿の行為に追認を与えるとともに、彼をスペイン駐在大使に任命、政治の嵐の圏外へ一時避難させたのである。恩人・保護者の失脚という事態に直面したピープスがいかなる行動を取ったか、これがこの章の第一の話題である。

ピープスがサンドイッチ卿から受けた恩義のほどは実に大きい。海軍省書記官、タンジャ委員会出納長、糧食補給監督官主任、いずれとて元をただせば、サンドイッチ伯のお世話にならないものはない。「わたしの食べるパンの一切れ一切れが、すべては殿様のおかげであると告げている」とピープスが告白するのも、けっして誇張ではない。ピープスはサンドイッチ伯のほうへ足を向けて寝ることもできない人間だった。ピープスとて、もちろんこの恩義を忘れるつもりはなかった。事情さえ許せば、ひたすら伯爵に忠節を尽くしたかったことだろう。だが、人間の世は苛酷である。政治の谷間に挟まれた一事務官は、おのが生を全《まっと》うするためには、時として恩人と袂《たもと》を分かたなければならないこともある。

彼のサンドイッチ伯への忠節は、貯金もまだ多くなかった頃、虎の子の五〇〇ポンドを伯爵に用立て、さらに自分が連帯保証人に立ちまでして、いとこのトマス・ピープスから一〇〇〇ポンドを借りてきてやったことにも表われている。もちろんこれは、寵臣《ちょうしん》サンドイッチ伯を確実な投資先と見こんだ打算が大部分で、ピープスもきちんと利息を頂戴《ちょうだい》することを忘れなかった。けれどそこには一分や二分の善意はあったはずで、この種の行為でその程度の善意は忠義の名に値いする。そして、それが忠義として成り立つためには、相手の返済能力が保証されていなければならないが、それがいつしか怪しくなり出したのである。

「サンドイッチ卿のところへ行くと、卿はサイコロ遊びの最中だった。（時世と手本とはなんと人間を変えてしまうものか。彼は今ではあらゆる種類の快楽や虚栄の味を覚えてしまっている。これまではそんなことは一度も考えもせず、愛しもせず、

殿様はご乱行

さらには大目に見て許すこともしなかっただろうに。）」「国王は先日、サンドイッチ卿をカースルメーン伯爵夫人の家へトランプ遊びにお呼びになり、卿は五〇ポンド損をした由。遺憾なことだと思う。けれど話によると、殿様は国王のお相手をつとめるのなら、いつでも五〇ポンドぐらい喜んで損をすると、ニコニコして言ったそうな。あまり気に入らない話だ。」やがてそのうち、サンドイッチ伯についてもう一つの噂が、ピープスの耳に入ってくる。「殿様は逗《とう》留《りゅう》先の家の娘の一人に惚れこんで、時間と金とをその娘に入れ上げているとのことだ。この娘というのが、たいへん評判の悪い女で、実に厚かましい奴らしい。」「殿様がこんなみっともない、獣じみた愚行を演じ、名誉も、友も、家来も、役に立つ物も人もかなぐり捨てて、下品なあばずれを相手に自分の情欲にひたり切ることだけを考えておられるところを見ると、情ない気がする……だが、わたしが口を挿んでどうなる訳でもなし、全能の神と、彼の良心と、奥方様やご一族についての思いが働いてくれるまでは、好きにさせておくより仕方がない。」

恩人に諫言・忠告する

この最後の反省は正しいものだった。それに安住しておればよかったのだが、ピープスには利害関係がある。ひょっとしてこのためにサンドイッチ伯は国王の寵を失うのではないか？　その場合、わが身に及ぶ影響はどうだろうか？　それでピープスは、お手討《てうち》覚悟で諫言《かんげん》つかまつる忠臣気取りで、サンドイッチ伯に直諫状《ちょっかんじょう》を送る。自己に甘く他人に厳しいのが人間の常、「汝らのうち罪なき者がまず」などという原理をこの世に適用すれば、野球解説者は一番に食い上げになる。ピープスも、自分でせっせと役得収入を得ておきながら、サー・W・バッテンの汚職を非難するし、小間使のマーサーに手を出しておきながら、友人が訪ねてきて彼女に愛想よくすると、「彼のマーサーに対する態度の図々しいことと言ったら！　かわいそうに無垢《むく》の娘だというのに。機会さえあればあの娘を堕落させかねない男だと思うと、わたしも彼女も顔が赤くなった」と書きつけるのである。バグエル夫人やその他の女性と情交を重ねるピープスが、サンドイッチ伯に諫言忠告するというのは、まさに自分のことを棚に上げて他人の頭の蠅を追うに似た行為であるが、ピープスにもそれなりの論理はあったようである。自分の場合はいつもいわゆるちょんの間の遊び、金もかからず、仕事の邪魔にもならない。夜にはきちんと家に帰るし、世間態にも迷惑はかけていない。これが善良な市民の遊び方なのだ。ところがサンドイッチ卿の場合はどうだろう。仕事も名誉も家庭もおっぽり出しての流連荒亡《りゅうれんこうぼう》、これを悪徳と言わずして何ぞや。ま、おそらくこういうところだったと思う。

だが、いっさいはピープスの早とちりで、相手の女性は堅気《かたぎ》の娘で、サンドイッチ卿との噂は事実無根だったという可能性もある。そのあたり詳しいことは分からないが、ピープスの諫言状を受け取ったサンドイッチ伯は、さすがに政治家、怒り出したりはしなかった。しかし、照れ臭さも手伝ってか、ピープスへの応対がぎごちなくなるのは自然である。一方ピープスは、主人を怒らせたのではないかと心配で、その一顰《いっぴん》一笑に一喜一憂する。「さよならとおっしゃったその声音は、心配していたほどわたしに腹を立てておられる訳でもないと思えた。」「殿様と話をする機会を作ったのだけれど、殿様のわたしに対する態度は、礼儀はあるものの、まるで他人扱いで、昔の親しさや友情は一つもない。」こういうことを三カ月ほど続けるうちに、ピープスのほうでも馬鹿ばかしくなってくる。「借金をしておきながら腹を立てるなんて、けしからん。」

貸金の回収に心を悩ます

そのうちオランダとの戦争が始まる。そうなればサンドイッチ伯が司令官となって出征することは必定《ひつじょう》である。「家へ食事に帰り、妻と二人でサンドイッチ伯に貸してある金のことで大いに悩んだ。海戦に出征して戦死なさるのが心配だ。だが取り返せるだけのものは取り返そう。」しかも、サンドイッチ伯の家令の「ムーア氏が言うところでは、殿様は日々ますます借財が嵩《かさ》み……今では九〇〇〇ポンド以上の金の利子を払っておられる」とのことである。そこへもってきて今回の政治的失脚である。「実のところ、健康状態の悪いこと、殿様に用立てた金についての心配、殿様への義理などなどで、最近心はすっかり滅入っている。」「おお神よ、わたし自身の金と、いとこのトマス・ピープスに連帯保証している一〇〇〇ポンドの証文と、この二つが綺麗さっぱり片づいたら、どんなにありがたいことだろう。」鼠《ねずみ》は沈む船から逃げ出すという。身一つで逃げ出せばよい鼠をピープスはなんと羨《うらや》ましく思ったことだろう。彼は逃げ出す前に、貸した金を取り立てなければならないのだから。だが、そこはうまくしたもので、サンドイッチ伯の役得収入の大部分は、ピープスの手を通る仕組みになっていた。だから、この金を差し押さえれば事は解決する。慈善はいつもわが家から始まるのだから、ピープスは順序として、まず自分の貸金を回収し、次に例の問題となった分捕品の売却代金の中から、トマス・ピープスへ一〇〇〇ポンド返済させようとする。

他人のために借金取立て

「いとこのトマス・ピープスと会って、サンドイッチ卿から一〇〇〇ポンド取り返すことを相談する——今それ以上の額の金を殿様から預る機会があるのだから。彼はわたしの意見にすぐ賛成してくれた。殿様とわたし宛に返済をせっつく手紙を書くのだ。そのあとの面倒はわたしが見る。わたしは何度もくり返し、そんな大金の保証人になれる人間じゃない、と言い張るのだ。」この手紙を書いてもってきたいとこを、ピープスは「ちやほや褒めちぎった」が、自分には一文の得にもならぬ防衛戦にこのように奔走せねばならない身の愚痴は、ついついこのいとこに対する鬱憤《うつぷん》となって表われる。「彼はつまらぬ鈍物で、仕掛けのこんだ話にはおよそ不向きな男だ。それに親切心の、人のためのといった気持は、奴にはこれっぽちも見られない。」こういう真実の、だがしかし、無用有害の情念の手際よい処理は、外交上の成功の必須の条件である。そのためには、心の屑籠としての日記の効用ははなはだ大である。しかし、事態は切迫している。「殿様の状況はきわめて悪い。分捕品についてのこと、またベルゲンの件、その他航海中のことなど、スペインへ赴任の前に国王の赦免が得られないと、なおひどくなる。」罰金過料ということになって、分捕品の売却金を全部召し上げられ、追放同然にスペインへ送り出されては、元も子もなくなるどころか、他人の借金を自分の背中に背負いこまなければならない。「T・ピープスに連帯保証している一〇〇〇ポンドの証文から、もし足を洗うことさえできれば、後は何事が起ころうと、まあ何とかやってゆけるはずである。」このようにやきもきした後、六六年一月末になって、「ついに作戦功を奏し、分捕品売却代金の中から、いとこのT・ピープスに一〇〇〇ポンドを払うについて、殿様の同意を得た。これで証文は帳消し……おかげでわたしもずいぶん楽になった。その金を払う責任がなくなったのだから。たとえ殿様が亡くなられようと、財産問題でごたごたが起きようと、さらにこれ以上没落なさろうと。だが、まさかそんなことはありませぬように。」

これで共倒れの心配は金銭的にはなくなったが、政治的にはどうだろうか。海軍省内での彼の立場はどうなるだろう。ピープスがこれまでサンドイッチ伯の郎党《ろうどう》であったことはまぎれもない事実である。ここでも親亀《おやがめ》といっしょに転んでは大変、寄るべき新たな大樹を急いで探す必要がある。三年前ピープスは、海軍省書記官、タンジャ委員会委員、そしてサンドイッチ伯の腹心、この自分の三つの地位を維持して、同僚との競争に耐えてゆくための目配《めくば》りの心覚えを、こう書いている。「わたしの希望であり、支えである三つの地位すべてにおいて、今や心配はないと思う。用心——主の祝福を得て、これだけはもう二度となおざりにしないつもりだ——をしさえすれば、連中皆と対等にやってゆけることは疑いない——というのは、ヨーク公とコヴェントリ氏——サンドイッチ卿とサー・G・カーテレット、この四人にわたしは最大の希望をかけているから。」

新たな大樹を見つけること

ところが今、サンドイッチ卿はスペインへ飛ばされ、サー・G・カーテレットもそのとばっちりを受けて旗色が悪いのである。「この二人の家、サー・G・カーテレットとサンドイッチ卿の家は、すっかり傾いてしまったようだ——そうなるとわたしも一人立ちしなければならない。」とすると、頼れるのは今は勲爵士《ナイト》になったサー・W・コヴェントリである。しかし運の悪いことに、サー・W・コヴェントリは海軍改革を錦の御旗に、サンドイッチ伯とサー・G・カーテレット攻撃の急先鋒に立っている。しかもピープスは、サンドイッチ伯の娘とサー・

G・カーテレットの息子の仲を取りもち、結婚させたばかりだった。先にも述べたとおり、ピープスはすでにサー・W・コヴェントリの寵を得ていた。「コヴェントリ氏はわたしを愛し尊敬していると、わたし自身に向かって憚《はばか》るところなくおっしゃった。これは期待し得る限り、望み得る限りのありがたいことだ。イギリス中の誰の口から聞くよりもありがたいことだ。」それはそうなのだが、はたしてサー・W・コヴェントリは没落したサンドイッチ伯爵の子分ピープスを、すんなり受け入れてくれるだろうか。この点再確認の必要がある。サー・W・コヴェントリの信用をここで失えば、これまで苦労して築き上げた海軍省内の地位も台無しになる。なぜならサー・W・コヴェントリは「この世で一番の切れ者で、われわれ皆(とくにわたし自身は)国王以上に恐れている」人物だったからである。

あちらたてればこちらたたず

とはいえ、いろいろ恩義のあるサンドイッチ伯やサー・G・カーテレットにそうすげない態度も見せられない。そこでピープスは平重盛のように悩む。

「主よ、わたしの立場はなんと困難なことか！　殿様やサー・G・カーテレットに見られてはならないと、サー・W・コヴェントリといっしょに並んで歩くこともできないし、サー・W・コヴェントリに見つけられてはならないから、先の二人のどちらかといっしょにも歩けないのだ。」「サー・G・カーテレットとひそひそ話をしているところを、サー・W・コヴェントリに見つけられるのではないかと、冷やひやした。けれど、それはわたしから進んでしたことではなく、サー・G・カーテレットのほうから寄ってきて、わたしも逃げる訳にはゆかなかったのだ。」こういう場合の確実な解決策は、虚心坦懐《きょしんたんかい》、いずれが長いかはっきり見比べ、客観状勢に身をゆだねることである。「サンドイッチ卿は会議の途中で入ってこられた。かわいそうに、ずいぶん陰気なご様子とお見受けした。ほとんど発言もなさらず、入ってくるなり端の席にお坐りになったままで、誰も席を譲ろうとしなかった。ただ、わたしが自分の腰掛を譲って差し上げただけだ……それからサー・W・コヴェントリの晩餐会に出席し、機会を見て、あまりお役に立てないのに、好意を寄せて頂き、わたしのことをよく思って頂いてありがたいとお礼を言い、せっかく親しくして頂いているのだから、わたしにいたらぬところがあれば、ご注意願いたい、と申し上げておいた。その必要がある場合には、かならずそうしようとのお返事だった。それで、サンドイッチ卿のこのような大没落と、このご両所の間の仲違《なかたが》いのあととしては、ま、望み得る限りのところ、わたしとサー・W・コヴェントリの間柄はまったく大丈夫と言ってよい。」

馬の乗り換えに成功する

「われわれは歩きながら一時間話をした。サー・W・コヴェントリは自分から進んで、サンドイッチ卿との不幸な仲違いについて話し始め、サンドイッチ卿に対し、どういう時にどういう不満がつのるようになったか、一等最初から最後まで、一部始終をすっかり打明け、自分の潔白を堂々と証明なさった。事実、わたしも彼の言うとおりだと信じている。その後わたしはサー・G・カーテレットの件につき、わたしには党派根性はいっさいなく、彼との関係にもかかわらず、国王の御為を心掛けていることを述べた。彼はそれはみな固く信じているし、わたしに対する好意、考え方はこれまでと少しも変らないと保証してくれた。そして、おかげさまで今ほど収入のある身になってみると、それ相応の働きをしていないのではないかと、われとわが身が不安になる、と言ったところ、彼は、その収入もわたしの身に過ぎたものとは思わない、イギリス中の誰にも負けず、それだけの働きはわたしにあると思う、と請《う》け合ってくれた。これだけ話をしたので、わたしの心も元気づき、気分もすっかり元に戻った。サンドイッチ卿とサー・G・カーテレット相手の仲違《なかたが》いの後、サー・W・コヴェントリがわたしを疎《うと》んじられるのではないかと心配のあまり、ずいぶん沈んだ気持になっていたのだから。」どうやら馬の乗り換えは無事済んだようだ。そしてピープスとサー・W・コヴェントリ、この二人の有能な実務派官僚は、固い同盟を結び、海軍の近代化・機能化に邁進《まいしん》する。そしてピープスはサー・W・コヴェントリを通じ、ヨーク公ジェームズ、さらにはチャールズ二世になおさら近づき、今後の出世の道を開いてゆく。これはすべて六六年前半の出来事だった。

ロンドン大炎上

そして九月二日、日曜日の午前三時頃、ピープスは女中に火事だと起こされる。窓から覗《のぞ》いてみたが、火の手は遠く、たいしたこととも思えないので、またそのまま寝こんでしまった。これがロンドン橋近くのパン屋から出火して、四日四晩燃え続き、一万三二〇〇戸の家と四三六エーカーの地域を嘗《な》め尽くしたロンドンの大火である。この火事についてのピープスの記述的描写は十分鑑賞に耐える。

七時頃目を覚ますと、女中がもう三〇〇軒も焼けたと注進にくる。そこで近くのロンドン塔の高台に上ってみると、橋のたもとの家が全部燃えているではないか。「河岸へ下り、船を雇い、ロンドン橋をくぐり抜けると、そこで痛ましい火災が目に入った……すべての人は家財道具を持ち出そうとし、テムズ河に投げこんだり、もやってある艀《はしけ》の中に運びこんだりしていた。貧乏人たちは火が体に触れそうになるまで家を離れず、それから船に逃げこむか、堤にかけた梯子《はしご》の一つから一つへ、這い下りよじ登りしていた。他にもいろいろある中で、かわいそうに鳩たちは巣を離れたがらず、窓やバルコニーのあたりを飛び交い、何羽か翼を焼かれて落ちるのもいた……一時間ばかりの間に火事は四方八方に荒れ狂っていたが、誰ひとり消火に努力する者もない様子で、ただ家財道具を持ち出すばかり、あとは火事まかせなのを見届けて、わたしはホワイトホール宮に向かった。」

国王に鎮火策を進言する

「国王の前に呼ばれて、国王とヨーク公に見てきたことを報告し、陛下が家の取りこわしをお命じにならない限り、火の手は止まらないと申し上げた。お二人ともたいそうお困りのご様子だったが、国王はわたしに名代《みょうだい》としてロンドン市長のところへ行き、構わずどしどし火の手の先で四方八方家を取りこわすよう命令を伝えよ、とおっしゃった。ヨーク公はもっと兵隊が要るなら、いくらでも出すと言え、とおっしゃった。」「誰もかれもが後生大事と荷物を背負ってやってくる――ここかしこ、ベッドのまま運び出された病人もいる」という騒ぎの中、「やっとロンドン市長に出会ったが、疲労困憊《ひろうこんぱい》の様子で、ハンカチを首に巻いていた。国王の命令を伝えると、彼は気絶しかけの女のように叫んだ。『なんとまあ、このわたしに何ができますか？　もうへとへとですよ。だれもわたしの命令なんかにしたがってくれません。家は取りこわしていたけれど、それより火の回りのほうが早いんです。』これ以上兵隊なんか要らないし、一晩中起きていたから、これからひと寝入りしてくる、とのことだった。」「テムズ河は荷物を積みこむ艀やボートで一杯、上等の品物が水の中にプカプカ浮いている。家財道具を積みこんだ艀やボートの、三艘《そう》のうちの一艘は、かならずピアノを積んでいる。」「テムズ河一面、風上に顔を向けていると、雨あられと降る火の子で火傷《やけど》しそうだ――これは嘘ではない――この火の子のために、三、四軒、いや五、六軒も先の家が燃え出すのだ。」「暗くなるにつれて、火勢はますます強くなる。隅っこや、尖塔の上や、教会や家並みの間から、シティの山手にかけて目の届く限りのところが、この上なくおそろしい、性《しょう》悪《わる》な、血の色をした炎となって燃え上がる。ふつうの火の澄んだ炎とは違うのだ……ロンドン橋のこちら側から向う側にかけて、火はすっかり一つのアーチのようになり、山手へ弓形に広

ロンドン大火(1666年)

がり、長さ一マイルでは利《き》かぬアーチをかけたようだ。見ていても涙が出た。教会も、家々も、みんな同時に燃え上がり、火を吹いている。炎の立てるおそろしい音、家々はガラガラと音を立てて崩れてゆく。」それで、ピープスは家に戻り避難準備をする。「月の光を頼りに（よく晴れた、乾燥した、月夜の、暖い天気だった）家財道具をいろいろ庭に運び出し、金の入った鉄金庫を地下室へ移した——そこが一番安全と思ったのだ。金貨の袋をいつでも運び出せるように役所へもってゆき、主要な会計書類もそこに移し、国庫証券は別にして箱にしまった。」

財産を疎開させる

二日目の朝、ピープスはバッテン夫人の回してくれた荷車で、「金と銀器全部と上等の品」を郊外の知人の家に疎《そ》開《かい》する。「街路も街道も人で混み合っている。走る者もあれば、馬に乗っている者もいる。とにかく何とか家財道具を運び出すために、荷車を手に入れようとしているのだ。」三日目の朝、ピープスは残りの品を艀で運び出す。「サー・W・バッテンはワインの疎開方法に窮して、庭に穴を掘って埋めた。わたしもそれに便乗して、片づけ残った役所の書類を全部そこに入れた。そして夕方になって、サー・W・ペンと二人でもう一つ穴を掘り、われわれのワインを埋めた。わたしはワインやその他二、三の品といっしょに、パルメザン・チーズも入れた。」「午後になって、サー・W・ペンと二人でわびしい思いで庭に坐り、特別な手段を講じない限りこの役所は確実に焼けると思っていたとき、わたしはウリッジとデトフォードの工廠から職人を総動員することを提案した。そしてサー・W・

コヴェントリに手紙を書いて、ヨーク公の許可を貰い、民家を取りこわすことにした。この役所を失うようなことになっては、国王のお仕事にずいぶん支障が生じるから。」それもそのはず、役所の中には、彼の丹精《たんせい》こめた家があるのだ。

もえさかる炎

四日目の朝二時、妻が起こしに来て、「火事だ！」という叫びがまた聞こえたと言う。火の手はピープスたちの住む小路の端のバーキングの教会にまで迫っていた。

「そこですぐに妻を避難させる決心をした。そして金貨(およそ二三五〇ポンド)をもって、従僕のW・ヒューアと女中のジェーンをつれ、ボートでウリッジに向かった。だが、主よ、月明かりの中、ほとんどシティ全体が燃え上がっているさまは、なんと悲しい眺めだったことか！」ウリッジに着いて、知人の家に「金貨をしまいこむと、妻とW・ヒューアに、夜も昼も、部屋を出る時にはどちらか一人がかならず残っているように命じ、デトフォドの艀に積んだ家財にちゃんと番人がついているのを見届けて、ロンドンに引き返した。着いてみると、わが家の燃えているところを目にするものと予期していたのに、およそ七時になっていたが、燃えていなかった。火事の様子はどうかというと、予想外に望みがあった。というのは、役所はきっと燃えているはずと思いこんでいたものだから、燃えてないところを見るまでは、人に様子をたずねる勇気が出なかったのだ。だが火事の方へ行ってみると、家を爆破したことや、サー・W・ペンが送ってよこした工廠の職人たちの大変な手助けによって、火勢は食い止められ――バーキングの教会の日時計と玄関の一部を焦がしただけで、消し止められていた。バーキング教会の塔に上がってみたが、そこからの眺めは、生まれてはじめて見るような悲しい荒廃の光景だった。いたるところですごい火の手が上がっている。地下の油蔵や硫黄《ゆおう》やその他のものが燃えている。こわくなって長居はできなかった。それで早々に下へおりた。火事は目の届く限り、はるか彼方《かなた》まで広がっていた。」

余計なことをつけ加えるようだが、ピープスは高所恐怖症だったのだ。それには確実な証拠がある。場所はロチェスターの古城である。そこを見物中、ピープスは三人の美人女性に出会い、たちまち仲良しになる。「だが主よ、絶壁を見下ろすのはなんとおそろしかったことか。すっかり肝《きも》が縮み、折角《せっかく》の楽しみもふいになってしまった。こんなことがなければ、この三人といっしょに大いに楽しめたのに。」

鎮火するも火事の夢に悩む

こうしてさしもの大火もようやく納まった。この日、九月五日水曜日の日記は、次のように結ばれている。「だが、奇妙なことに、日曜日以来なんと長い時間がたったように思えることか！　その間ずっといろいろ働きづめで、ほとんど眠らなかったため、まるで一週間かそれ以上もたったような気がする。何曜日なのかもほとんど覚えていないのだ。」そして少なくともこの九月一杯、ピープスは夜な夜な火事の夢に悩まされる。

Ⅷ　ピープス氏、国家を憂える　一六六七年

チャールズ二世

「神様もご存じだ。金はその一〇倍も要る——正直なところ、国王のことを思うと、居心地が悪い。わたし個人はけっこう安楽だけれど。」

国庫は慢性的歳入欠陥

チャールズ二世は慢性的歳入欠陥に悩んでいた。王政復古当初の興奮が冷めると、議会は財布の口を固く締め、容易なことではその紐をゆるめてくれない。一方、華美驕奢《かびきょうしゃ》の風甚《はなはだ》しい宮廷の維持には、相当の費用がかかる。「今晩聞いた話だが、カースルメーン伯爵夫人は大変な博奕《ばくち》打ちで、一晩に一万五〇〇〇ポンド儲けるかと思うと、次の晩には二万五〇〇〇ポンド損をするし、サイコロ一振りに一〇〇〇ポンド、一五〇〇ポンドを賭けるという。」「国王はカースルメーン伯爵夫人の借金清算のため、最近三万ポンド以上払ったそうな。」「国王は先日閣議の席で、いつもと違って用箋の用意がないのに腹を立てた。そこでサー・R・ブラウンが、責任者を呼んで調べます、と陛下に言った——やってきたその男は陛下に向かって、自分はただの貧乏人だ、用箋のために四、五百ポンドも立て替えており、それが自分の全財産だ、もう金がないから用意できない、国王のご帰国以来一文も受け取っていないのだから、と答えたという話だ。」

文なし海軍に水夫は荒れる

こういう有様だから、戦争の主役を演じている海軍には、いっこう金が回ってこない。「馬車で聖ジェームズ宮へ行き、会議――ほとんど毎日、金がないことを愚痴《ぐち》るばかり――これだけでもわが国はそのうち負けるだろう。」「役所へ出かけて午前中ずっと坐っていた――金がないということばかり。いろいろ物資を買いつけて、備蓄をふやしておかなければならないのだが、商人相手にその金もなく、金がなければ信用貸ししてくれる者もいない。」「神よ、われわれに憐れみを垂れ給え。というのは、水夫なしでは船は出せないし、水夫は金なしでは出てくれない……われわれの状況はみじめなものになりそうだ。」「国王はこの間あらゆる面で議会の機嫌を損じている。しかも国庫は底をつき、なんとしてでも金をもっと手に入れなければならないのに。だが、議会はすった揉《も》んだの末でなければ、出してくれそうにない。この結果がどうなるか、神のみぞ知る、だ。」

すでに一年ほどまえ、「ポーツマスの工廠で揉めごとがあった。職人どもが、金がないからというので、自分勝手に乾し草作りとかその他の仕事を探して、その日の糧《かて》を稼ぎに出かけて行ったのだ。」そして今では、「毎日毎日、水夫の間でまた暴動が起こったという報せが届く。」「タワー・ヒルに三、四百人の水夫が集まっているのを見た。一人が煉瓦の山の上に立ち、ハンカチを棒にくくりつけたもので合図をし、他の者に呼びかけ、彼らは何回か喚声を上げた。

これを見ていてこわくなり、あわてて家に帰った。」だが、それも当然なのだ。彼らは長《なが》の航海から帰って来ても、現金は貰えず、金券だけで解雇される。そして、この金券は宿屋や酒場で二束三文《にそくさんもん》に買いたたかれ、彼らは路頭に迷うのだ。「役所で執務したが、あまりはかがゆかなかった。あわれな水夫たちがおそろしく群れ集まり、痛ましいうめき声を上げているからだ。彼らは金がないので、空き腹かかえて道にへたりこんでいる――わたしはしんそこ悩み、当惑している。昼になって、彼らの間を掻き分けて通らなければならない時には、なおさらだ。一〇〇人ばかりもが後を追ってくるのだ――ある者は呪《のろ》い、ある者は悪態をつき、またある者は懇願する。」「彼らは次の火曜日には役所を引き倒すと誓っている。宮廷へこのことを伝えたが、金か首くくり縄以外は役に立ちそうにない。」「今日一人のあわれな水夫が、食物がないため、ほとんど餓死寸前の有様で、海軍省の構内で死にかけていた。半クラウンの金を届けさせ――彼の金券の支払いをするよう命令した。」

海軍残酷物語

しかもこの水夫たちは、何の罪咎《つみとが》もないのに、あの悪名高い強制徴募の制度によって、平和な家庭から連れ去られ、無理やり船に乗せられたのだ。「主よ、あわれな女たちはなんと泣き叫んでいたことか！　生まれてこの方、この時ほど感情の自然な表現を見たことはない――女たちは嘆き悲しみながら、次から次へと一塊になって連行されてくる男たちのもとに走り寄り、夫を探し、船が出港して行く度ごとに、夫が乗っているのではないかと泣き叫ぶのだ。そして月の光の中、船が見えなくなるまで見送っている——彼女たちの嘆きの声を聞いて、心から痛ましく思った。それに、あわれな辛抱強い働き者の男たち、世帯《しょたい》もちたちが、かわいそうに妻や家族と別れ、見も知らぬ人間どもの手で不意に引っ立てられて行くさまは、まことにつらいものだった。しかも徴募金も貰えず、あらゆる法律に背《そむ》いて、力ずくで狩り立てられるのだ。これは大変な圧政だ。」「強制徴募にかかった人間を救い出した廉《かど》で留置されている数人の者の訊問に行った。われわれが給料を払わないがゆえに、連中は切《せっ》羽《ぱ》つまって気が狂ってるってことが、はっきり分かる。連中は金さえ貰えばまた元の善人に戻るんだ。つい二日前、二人の男が無理やり乗せられた船からテムズ河に飛びこんで、番兵に射たれた。これほどまでして、人びとは国王への奉仕を忌避するのだ。でも、彼らは金も貰わず強制連行されているのだ。だから何事があっても罰する訳にはゆかない。だからわれわれも彼らを牢屋に入れ、表面《うわべ》厳しそうな顔をせざるを得ないだけで、罰することはできないのだ。」

貰い泣きするピープス

相次ぐ負け戦でオランダ側の捕虜になる者も多い。「役所へ戻ると、中庭は女どもで一杯だった(三〇〇人以上もいたと思う)。オランダに抑留中の夫や身内のために、金を出せと言いに来たのだ。喚《わめ》き、悪態《あくたい》をつき、われわれを罵《ののし》っていた。彼女たちが皆前庭に移って行った隙に、役所へ忍びこみ、午後ずっと忙しくしていた。しかし、やがて女たちは庭に入ってきて、わたしの部屋の窓に押しかけて、わたしを苦しめた。正直言って、彼女たちの金を出せという叫びは、実に悲しいものだった。身内や夫の身の上を述べ、彼らが国王のためどれだけ尽くし、どれだけの苦しみを嘗《な》めてきたか、それに引きかえイギリスにいるオランダ人捕虜《ほりょ》は、国の政府の仕送りで、どんなにいい待遇を受けているか、彼女らの夫たちがもしオランダ船に乗って働くのなら、どれだけの給料が貰えるという話があるか、などと述べ立てたものだから、わたしもすっかり彼女たちをあわれに思い、聞いていて貰い泣きしそうだった――だが力になってやることはできないのだ。」

もちろん、イギリス海軍に闘志がなかった訳ではない。ある海戦で壮烈な戦死を遂げたミンズ提督の葬儀の時、一人の水夫がサー・W・コヴェントリに決死隊志願を申し出て、「われわれここにいる一二名の者は、今は亡きわれらが司令官サー・クリストファー・ミンズと長い間の知り合いで、彼を愛し、彼に仕え、そして今彼を葬る最後の務めをはたしてきたが、何か他に彼の仇《あだ》を討つ追善の供養ができればよいと思っている。われわれにあるのは生命だけ。だが、もしヨーク公殿下に、焼き打ち船一艘をわれわれに下さるよう、お願いして頂いて、ここにいる一二人のうち誰か一人を指揮官と決めて頂ければ、それが誰であろうと、残りの者はその命令にしたがう。そして亡き提督の追善のため仇を討つようなことをしたいと思う」と言った、というような美談も記録されている。

お手上げの海軍に先行きを案ずる

しかし先立つものがなければ、やはり、戦《いくさ》にはならない。やがてイギリスの戦意も先細り、講和の瀬踏みが始まるようになった。サー・W・コヴェントリももう匙《さじ》を投げている。「彼は言う。艦隊には規律がまったくなくなっており、秩序もなければ、指揮系統もない、と。」事実そのとおりなのだ。「今日の昼、ペリマン艦長から報告があった。下流のホープ錨《びょう》地のハッピー・リターン号は、ポルトガル大使をオランダへ送るよう命令を受けたが（そして大使も乗船していたはず）、給料支払いがあるまで出航を拒否したとのことだ。これを手本にして後もう二、三隻の船が叛乱を起こしている——悲しいことだ。今日という今日、多くの敵艦が海をわが物顔に走り回っているというのに。」市中でも不吉な噂が飛び交う。「宮廷でも市中でも、運命の日は間近い、今週のうちに何か大きな不幸が起こる、と取り沙汰されている。カトリック教徒の暴動か何か、それは分からない。日時についても議論がある。ある者は次の金曜日だと言うし、いやもっと早いと言う者もあれば、もっと後だと主張する者もいる。きっと根も葉もないことだったと判明することだろうが、この頃誰もが心配性になっていることは明らかだ。」時にはピープス自身もいっさいを投げ出してしまいたいような気分になる。「馬車で家に帰る途中、こういうことすべての結末はこの後どうつくのだろうか、と考えた——ごたごた騒ぎの混乱以外にないだろう——となると、あるだけのわずかの金をもって、ブランプトンに安楽に静かに住みつくことができたらと、ほんとに心から思えてくる。あそこでなら、平和に暮らし、国王と国のためを計り、祈ることもできるだろうから。」

オランダ海軍テムズ河溯航

だが、それは夢物語にすぎない。現実は差し迫っている。「オランダ海軍は軍艦八〇隻と焼き打ち船二〇艘を連ねて遊弋《ゆうよく》中、フランス海軍は軍艦二〇隻と焼き打ち船五艘で、英仏海峡に出撃。一方、彼らを迎撃《げいげき》すべきわが軍の艦艇にして、航海中のものは一隻としてなく、すべての船は港に呼び戻されている。その間わが国の使節はブリーダで交渉中であるが、オランダは彼らを和平を乞いに来たものと見なし、その扱いをしている。こういうことは皆、わが国の君主の怠慢のせいだ。その気になれば、今自分の手にある金と兵力でもって、これらの敵をすべて征服することもできたというのに……だが、われわれの見る限りでは、どうやら国は亡び、国威は永久に失われてしまいそうだ——一代前の謀叛人《むほんにん》〔クロムウェルのこと〕があれだけ国威を宣揚《せんよう》し、維持してきたのに。」これが六七年六月三日のピープスの情勢分析だった。そしてそれは杞憂《きゆう》に終りはしなかった。その一週間後の六月一〇日から数日の間に、オランダ艦隊の一部はテムズ河を溯上し、ロンドンから目と鼻の間のチャタム軍港を襲撃、多くの艦船を沈め、イギリスが誇る一級戦艦ロイアル・チャールズ号を捕獲、曳航《えいこう》し去ったのである。

善良なる市民は「花より団子」

善良なる市民は皆つねに国家を憂える。が、一旦緩急《かんきゅう》あれば、かならず先にわが身のことを考える。それは国家が抽象的観念的存在であり、自己は具体的現実的であるからだ。市民はけっして国家に不忠なのではない。ただ観念的抽象的存在への奉仕の方法は、事の道理として、観念的抽象的であらざるを得ず、それは急場の役に立たない。それに引きかえ、一方の具体的現実的存在への奉仕の道は、つねに具体的現実的に開けている。「花より団子」というとおりなのだ。国家危急の時に際してのピープスの行動は、このことを見事に実証する。

六月一〇日、「主よ、敵艦隊がほとんどホープ錨地まで溯航《そこう》してきているこのピンチに、万事はまったくのろのろとしか動かない有様だ。しかしそれも、一部はわれわれ自身が怠け癖がつき、投げやりになっていたためだ。そして一部は、国民が金のことでわれわれに騙《だま》され続けて、われわれを信じなくなったからだ。そしてわれわれは、金ができたとなっても、信用を得るすべをほとんど知らないのだ。海軍の物資不足は大変なもの、それに手許《てもと》に人手はない。だから国王にどんな迷惑をかけているか、考えてみるとぞっとする。国家はいついかなる時も、国務の整備・信用を計らねばならないのだ。」

六月一一日、オランダ艦隊はシアネス町を占領、その奥のチャタム軍港を窺《うかが》う。テムズ河の公私すべての艦船に動員令が下る。「食後W・ヒューアが運よく助言してくれたので、フェン氏のところへ出向き、給料四〇〇ポンドなにがしを払ってもらうことにした。W・ヒューアが代理で受け取りに行き、夜家へ持ってきてくれた。」

六月一二日、オランダ艦隊はチャタム軍港に押し入り、ロイアル・チャールズ号を捕獲した。「実を言うと、もう国全体が亡びるのではないかと心配のあまり、今夜、父と妻と三人で、手許にあるいささかの金をどうしたものか、相談することにした。というのは、タンジャの仕事で国王のために立て替えた金はもう全部なくなったものと覚悟しているからだ。神よ、お助けを垂れ給え。この先どんな混乱状態に陥るやら、あるいはひょっとして、われわれの身に罰が加えられるやらも分からないのだ。愚かな民衆から、あるいはひょっとして国家の政策によって、また国王とヨーク公によって、断罪されるにふさわしい人間と見なされ、憂《う》き目《め》を見るかも知れないのだ。だが、わたし自身に関する限り、目一杯の義務をはたしたことは、かならずや、神様もご存じと思う。」

卵は一つの籠に盛らないで

六月一三日、オランダ艦隊はチャタム軍港周辺を焼き打ちし、その前哨はホープ錨地に姿を見せ、ロンドン進攻も目睫《もくしょう》に迫った感がある。英仏海峡の向うでは、フランスの大軍がイギリス侵入の機会を狙って集結中との噂が飛び交《か》う。ロンドンでは暴動が起こり、海軍省襲撃も懸念された。「それでたいそう心配になり、すぐさま父と妻を田舎にやる決心をした。二時間のうちに彼らは馬車で出かけて行った――およそ一三〇〇ポンドの金貨を袋に詰めて。どうか神様、旅を無事に終え、家についたら用心深く隠しておいてくれますように！　だが、心は不安で一杯である。」残った銀貨を金貨に換えようと思っても、銀行は取りつけ騒ぎで交換に応じてくれない。「だから銀貨は手許に置いておくより仕方がない。ときに便壷の中へ放りこんでおこうかとも考えた——だが、もし役所を追い立てられたら、どうやって回収できるか分からない……昼頃に下役のギブソン氏にもう一〇〇〇枚持たせて、妻の後を追わせることにした。サー・J・スミス宛の急使という口実だ。聞くところでは、サー・J・スミスは数隻の船を率いて、ニューカースルにいるとのことだ。わたしはほんとうにニューカースルまで行けと言った。ひょっとして国王のお役に立てるかもしれないのだ。というのは、この怱忙の時、宮廷ではそこまで考えが回らないかもしれないから。それに急使の費用は国王にとって大したことでもないのだから。」良心的官僚のピープスは、この危急の時に当たっても、公私混同、公金の濫用がないよう心掛ける。だが、ついでながらつけ加えると、ロンドンから見て、ピープス夫人が出かけたブランプトンとギブソン氏の公式の出張先ニューカースルは、それぞれ東京から見た水戸と青森ぐらいの関係にある。夕方になってピープスは、「わたしの日記——これは大事だから」を親類の一軒へ、そして例の酒びん一対をもう一軒別の親類の家に預ける。「財産をこう分散したから、何かが助かるだろう。それに胴巻きを作り、その中に金貨三〇〇枚を入れ、多少荷厄介ながら身につけた。不意を打たれた時、一文なしではいけないから。」

喉もと過ぎれば

六月一四日、オランダ艦隊はロイアル・チャールズ号を曳航して、意気揚々と引き揚げてゆく。ほっと一息ついたピープスは、いろいろの噂を書きつけている。「イギリス人が多数オランダ船に乗っており、英語で話し合って、こう叫んでいた。『おれたちは昔は金券を貰うために戦っていたが、今ではオランダの金を貰って戦争してるんだ』と。そして誰だれは元気にしてるか、よろしく伝えてくれ、と言い、ロイアル・チャールズ号を捕獲したときには、彼らは、おれたちの金券はサインずみだ(と、何枚かを見せながら)、それで今その支払いを請求にきた、払ってもらうまでは帰らないぞ、と言っていた。」「ウォッピングでは水夫の女房どもが、町中を練り歩いて叫んでいる。『亭主たちに金を払ってくれないから、こうなったんだ』と。」「話によると、昨日ウェストミンスターの街頭で、群衆が『議会だ！　議会を開け！』と叫んでいたそうな。こういう失敗の責任を問うとなれば、血を見ることになるだろう……いろんな人が役所へその後の様子はどうだと聞きにくるが、返事のしようもなくて恥ずかしい。というのは、わたし一人ここに取り残されているのだから。でも、正直言うと、ここが自分の持ち場なのはありがたい——自分の家の近くで、危険もなく、それでいて立派に国王の御為になれる場所にいるのだから。今朝ギブソン氏から、昨晩無事に着いたと吉報があった。」文民の面目躍如《めんぼくやくじょ》たるものがある。

破局の恐怖が喉《のど》もと過ぎると、疎開《そかい》した金貨が心配になってくる。六月一日、「夜ギブソン氏が（思いがけなく早く）やってきた。妻は無事で、妻たちのほうは万事うまく運んだとのこと。だが、彼自身のほうはそうではなかった。（わたしの心配していたとおりのことで、彼を責める訳にはゆかないのだ。だがこの次は用心しなくちゃいかん。）袋が一つ破れて、何枚かが道に落ちた、が、そう沢山ではないはず（一枚だけだと思う、というのは、馬から下りて拾い上げ、後戻りして探したけれど、それ以上は見つからなかったから）と言うのだ。でも何枚落ちたか分からないので心配だ。しかし、大部分が安全に向うについた嬉しさを思えば、これしきのことは我慢できる。だから悲しまないでおこう。」

六月一九日、妻が帰宅する。「父と二人で金貨をどう埋めたか、実にまずい話をするものだから腹が立った……父といっしょに、日曜日、皆が教会へ行っている間に埋めたというのだが、真っ昼間、庭の真ん中ということで、ひょっとして何人見物していたかも分からない。それで心配になり、気が狂いそうになって、早速こっちへ持って帰って、しまっておく方法はないかと考えた。今では世情も少し良くなっている、少なくともホワイトホール宮の様子ではそうらしいから——だけど、どちらにせよ、できることなら取り戻す決心だ。」事情許せば即座にでも出かけたいのだが、敗戦の事後処理など、公務多端、ピープスはしばらく針の莚《むしろ》の居ても立ってもおられぬ思いを味ったが、その後は度胸を決め、やっと一〇月になって田舎へ出かける。

金貨回収作戦始まる

だが、この金貨回収の大変なこと！ 作業は人目を憚って深夜行われる。「父とわたしは夜になってカンテラを持ち、妻といっしょに庭へ出て、金貨掘り起こしの大仕事に取りかかった。だが、主よ、しばらくの間、どれほどはらはらしたことか！ 場所がはっきり分からないのだ……やがてそのうち、鉄串を突き立てていると見つかったので、掘り始めた。だが、おお、神よ、なんと馬鹿な埋め方をしたものだ。地面を半フィートも掘っていない。それに、もし誰かが近くにいたとしたら、いろんなところから丸見えなのだ。隣りの窓からも見えるし、近くだから音も聞こえる。父は皆が教会へ行くのを見届けてから仕事を始めて、金を埋めたというけれど、それは言い訳にはならん。それでほとんど気もそぞろ、土を掘り上げてみると、なんと、あたりの草や掘り返した土の中に金貨がばら撒《ま》かれているのに気がついた。金貨を入れた袋の鉄製の口金《くちがね》を拾い上げてみると、土が金貨の間に入って湿っている。袋はすっかり腐って、書付けも全部だめになっており、二の句がつげなかった。どれだけ足らないか、ギブソンがこちらへ来る時にどれだけ落としたのか、分からないのだ。それやこれやですっかり頭に来てしまった。結局止むを得ず、口金も土も何もかも、蠟燭《ろうそく》の光で見分けられる限りの散らばった金貨を、土ごと掬《すく》い上げた……そして皆が寝に行った後、W・ヒューアと二人だけで、やっと泥を洗い落として数を数え始めた。全体の額の書付け(ポケットに持っていたのだ)に照らし合わせると、一〇〇枚以上足らないので、カッとなった。

隣の家が近いので、庭へ出て金貨を埋めた場所でしゃべっていると、(とくに父は耳が遠いから)こちらのしていることが分かるにきまっていて、夜のうちにやってきて、明日の朝までにわれわれの先を越して、何枚か拾うかもしれない心配があるから、W・ヒューアと二人で真夜中頃(もうそんなに遅くなっていたのだ)、また出て行って、蠟燭の光で何とかもう四五枚を拾い集め——中にもって入って洗い清めた。この頃にはもう午前二時を過ぎていた。これだけ回収したことを思うと、心もかなり静まり、寝ることにした……一晩中うとうと寝つかれず、時計の数を数えるうちに夜が明けた。そこでW・ヒューアを起こし、二人で手桶とふるいを持って、庭木戸に錠をかけ、あたりの土を全部手桶に入れて、それを東屋の中で(よその国でダイアモンドを探す時にするように)ふるいにかけ、ずいぶん苦労して、九時頃までかかって、昨夜の四五枚を七九枚にまでもって行くことができ、手桶数杯空《から》にしても、一枚も見つからなくなったので、大いに満足した。元の数と考えられるものにあと二、三〇枚、いや、おそらくそれ以下、というところまで漕ぎつけた。そのうち何枚かはギブソン氏がなくしたと考えても理屈が立つので、損もあまり大したことはないと、まあまあ満足し、こうまでうまく行ったことで、神を褒め讃えた。あとは父に任せて、土をもう一度調べてもらうことにした——父はそうすると約束してくれた。かわいそうに、父は今度の事件でずいぶん心配している。」この騒動でピープスの得た教訓は、「ときとして金を貯めておくには、稼ぐのと同じくらい苦労がかかる」

ということだった。エピクロスも言っている。「富は悩みの終結ではなく、変化なのだ」と。

愛する父が金貨を一枚

これから一月以上たった一一月一九日、「父は今週シプリーに託して、ギニー金貨を一枚送ってきた。どうやら、この前わたしがあちらへ行って以来、土の中を探して見つけたものらしい」という記事が見える。なんとも実直な話である。この時六六歳、脱腸《だっちょう》の持病のある老ピープスにとっては、土をふるい分けるのはつらいことだったに違いない。けれどこの老父は息子を見ること、鳶《とんび》の鷹《たか》に対するがごとく、一目《いちもく》おいていたのだ。ピープスもまた深くこの父を愛していた。今ケンブリッジのピープス文庫の中には、一七世紀の脱腸帯の広告が一葉残っている。それはおそらくピープスが父のことを思って取りのけておいたものだろう。その脱腸の発作《ほっさ》の一つが納まったあとの日記には、ピープスの父に対する愛情がにじみ出ている。「父に手紙を書いた。また少し楽になったと聞いて喜んでいる。父をロンドンに迎えて、どれだけの手当ができるかやってみたいと願っている。できるだけのことをしたいと思う。長生きしてもらって、わたしの出世を喜んでもらいたいから。」

中流平凡人の平凡な悦楽

このように六七年もまた、ピープスにとって多事多端の年だった。とはいえ、時折の息抜きもない訳ではない。ピープスの日記には、中流平凡人の平凡な悦楽が満ち溢れている。この年の五月のことである。「途中で妻と二人だけでフランス料理を食べに行こうと思いついた。それでかつら屋兼レストランをやっているムッシュウ・ロビンの店を探し歩いた。そしてコヴェント・ガーデンの汚らしい通りで、彼が戸口に立っているのを見つけて、中に入った。ほとんどあっと言う間もないうちに、テーブル・クロスが拡げられ、清潔なグラスが出るなど、すべてはフランス風だった。まずポタージュ、次に鳩二羽分のシチュー、次に牛肉のキャセロール、すべては実にうまく味付けがしてあって、たいそう気に入った。ただ、この汚らしい通りのかつら屋というのが、難と言えば難だった。それでも、感じのいい、てきぱきとした給仕の仕方、万事につけて客を喜ばせようと心掛ける店の者の気転など、たいへん気に入った――勘定は六シリングだった。」

七月には、ピープスは妻たちを連れて遠足に出かける。場所は風光明媚《ふうこうめいび》なイギリス南部の丘陵地帯である。「女たちとW・ヒューアとわたしは丘陵地帯を散歩した。羊が群れており、生まれてはじめて見るような、実に楽しい、清純な景色だった。羊飼いとその小さな男の子を見つけた。人家からも人影からも遠く離れたところで、その子は父親に聖書を読んでやっていた。そこで、わたしもその子に読ませてみた。すると子供たちがよくやるような、気張った調子で読み出して、たいそう可愛かった。少し心付けをやって、父親のほうへ行き、話相手になった……彼は子供の読み方がわたしの気に入ったというので大喜び、あの子は神様のお恵みだと言い、まるでほんとに昔のユダヤの族長そっくりだった。彼の姿はその後二、三日、わたしの頭の中に、この世界の昔の時代の思いを甦《よみが》えらせた。彼の毛糸編みの靴下は二色の取り合わせで、靴には爪先と踵《かかと》に鉄が打ちつけられ、靴底には大きな鋲《びょう》が打ってあって、たいそう見事だった。それを珍しがると、『いやなに』と、この男は言った。『ここいらは、ご覧のとおり石が多いでのう。だからこういう靴をはいている。こういう靴だと』と、彼は言うのだ。『石がヒュンと鳴って飛んで行く。』なにがしかの金をやると、たいそうありがたがっていた。わたしは彼の角《つの》形に曲がった杖で、石を飛ばしてみた。彼は犬をたいそう大事にしており、羊を囲いに入れる時には、羊を思いどおりの方向に向けてくれると言っていた。三六〇頭ほどの群を預かっていて、一年中週四シリング貰っていると話してくれた。そこで別れたけれど、この男と話してたいそう楽しかった。」このような純牧歌的情景は、人間関係のせせこましさと人いきれにむせかえるようなピープスの日記において、空前絶後のものと言ってよい。彼の日記において自然の占める正常のパーセンテージを示す例としては、次のものが適切だろう。六七年五月二八日のことである。「間もなくクリードがきたので、いっしょに水路ヴォクスホールへ行き、スプリング遊園を散歩した。大変な人出で、天気も庭園も心地よい。ここへ来るのはたいそう楽しいことでもあり、かつまた安上がりでもある。というのは、思う存分散財もできるが、一文も使わなくても、また同じなのだ——だが、夜鶯《ナイチンゲール》やその他の鳥の囀《さえず》りも聞こえるし、ここにはヴァイオリン、かしこにはハープ、ここにはユダヤの旅芸人、ここには笑い声、かしこには上流の人びとが歩いている、というのはとても気散《きさん》じになる。」

IX

ピープス氏、奮闘する　一六六八年

ふれ役

「何も隠さず、真実を告白すると決心した。真実が一番われわれの役に立ちそうだから。」

贖罪の山羊

オランダ艦隊のチャタム軍港襲撃は、イギリスにとって建国以来の国辱《こくじょく》だった。だから当然、責任者の処罰が問題となる。贖罪《しょくざい》の山羊第一号は、チャタム軍港弁務官サー・P・ペットである。「ペット弁務官がロンドン塔に収監されたという報らせが伝わった——われわれにも同じ沙汰《さた》が下りるのではないかと、肝を冷やした。そこで部下を督励《とくれい》、書類の中から、身を守るための証拠を集めた。」その翌日ピープスは、ペット訊問の証人として、閣議に召喚される。「わたしはその間ずっと、サー・P・ペットには遠慮せず、むしろ彼に不利な証言をした。神よ、そのゆえにわたしを許し給え。というのは、彼を陥《おとし》れるつもりはなかったのだが、ただ、大臣たちが責任逃れに汲々《きゅうきゅう》としていると分かったから、わたしも役所のためにそうせざるを得なかったのだ。」数代にわたる船大工の名門の出のサー・P・ペットも、あわれこれで免職である。やっと解放されたピープスが閣議の部屋から出てくると、「人びとは皆なんとわたしをじろじろ見つめたことか——それで自分までもが囚人だと思われてはかなわないので、笑顔を作り、何人かの人に挨拶した。」ピープスは、朝出かけるときに最悪の事態を覚悟し、部下に「戸棚の鍵を預け、金貨銀貨で五〇〇ポンドあまりと国庫証券のありかを教え、身に不幸があったときには持ち出してくれ」と、言いおいてきていたのだ。

高まる宮廷への怨嗟の声

威勢よく宣戦布告をしておきながら、こういうみじめな結果で、平和を乞わなければならない羽目に追いこまれた国民の憤懣《ふんまん》は、当然自然、遊蕩三昧《ゆうとうざんまい》の宮廷に向かう。ピープスも同じ心情をぶちまける。「国王と宮廷は、博奕《ばくち》、瀆神《とくしん》、淫蕩《いんとう》、飲酒、世にある限りの忌わしい悪徳に前代未聞の耽り方をしている。」共和制時代はもっと清潔だったのだ。「近頃では誰も彼もクロムウェルのことを思い、クロムウェルを褒める。ところがどうだろう、われわれの国王は、国民の愛と祈りと好意のすべてを享《う》けて王位につき、これまで外国に例を見なかったほどの忠誠のしるし、私財を擲《なげう》ってでも国王に尽くす意欲を、国民から示されながら、一切をほんの僅《わず》かの間に失ってしまったのだ。」「国王がみずからの所業を改めるか、議会が立ち入ってそれを変えさせるかしないと、われわれは破滅してしまうにきまっている。」「ムーア氏もわたしが出会うたいていの人と同意見で、わが国は好むと好まざるとにかかわらず、数年のうちに共和国になるだろう、と言うのだ。」ピープスはほとんど革命派に近く、議会を救世主のように待ち望む。「今日閣議の席で、国王は三〇日のうちに議会を招集すると言明した——ここしばらくの間に聞いた一番よいニュースだ。何かがこの国を救うとすれば、これこそがそうだろう。」「今度の議会がもし開会を許されれば、その結果がいかなるものになるかは明白だ。彼らは政府の失態に挑みかかるだろう。どうか神様、そうなりますように。というのは、早いうちにそうする以外、国王と国とを救うものはないと思うからだ。」

国王はトカゲの尻尾を切る

しかしチャールズ二世は、父親の処刑を見、敗戦、逃避行、亡命、ありとあらゆる修羅《しゅら》場《ば》を踏んできた老獪《ろうかい》な政治家で、素直に身を議会の前にさらし、煮えたぎる国民の怨嗟《えんさ》を一身に浴びるような人間ではなかった。もしそんなことをすれば、ひとたまりもなく、父親チャールズ一世の二の舞を演じなければならなくなることを、彼はよく知っていた。それで彼は、いかにも国民の総意に応じるがごとくに、議会を招集しておきながら、それを即日三カ月の休会にし、腕を撫《ぶ》して乗りこんできた議員たちの出鼻をくじく。「このようにして彼らはまた追い帰された。彼らは皆さぞ厭な思いをしていることだろう。議会がこんな恥をかかされたことははじめてだと思う。自分たちがこんなに馬鹿にされ、しかも国は破滅確実というのに。その一方で国王は淫欲《いんよく》にひたり、側近の女性や佞臣《ねいしん》に支配されている。議員たちは皆、使った金の申し開きをちゃんとつけてもらわねば、もう鐚《びた》一文も出さないと決心しているようだ。国中の人間がいたるところで、自分が不当にあしらわれたと感じている。国王に強談判《こわだんぱん》してこの議会を招集させただけに、なおさらだ。」

しかし、チャールズ二世は国民の憤激の矛先《ほこさき》をかわす策を着々として打ち出す。彼は早速オランダとの和平を成立させ、次にこれまでの失政の責任者として、宰相のクラレンドン伯を解任する。これはいわば議会に対する鼻薬で、クラレンドンは宮廷の内外でたいへん不人気だったのだ。「噂に聞くところでは、国王はこう言ったそうな。議会を開くことになっているが、議会筋の嫉《ねた》みを招かぬためにも、クラレンドンは解任しておいたほうがよい――というのは、議会の不満は彼に集中するだろうから、と。」内戦以来、亡命中の辛酸苦労を嘗め通してチャールズに仕えてきたこの老忠臣も、王権擁護という政治的便宜のために、弊履《へいり》のごとく打ち捨てられる。これには例のカースルメーン伯爵夫人の差し金があったらしい。謹厳一途《きんげんいちず》の老家老が、君側《くんそく》の若手享楽派に首を切られたのだ。免職されて孤影悄然《こえいしょうぜん》、宮廷を去って行くクラレンドンを、カースルメーン伯爵夫人は高い窓から見下ろして、笑い声を立てた。するとクラレンドン伯はキッと振り返り、言ったと言われている。「ああ、奥さん、あなたでしたか。覚えておりなさいよ、あんたも生きているうちに、かならず年寄りになるのだから」と。

身の危険が迫る

一六六七年一〇月、議会は再開される。「話は議会の高飛車な振舞のこと、それを黙認せねばならないとは、国王も実にちっぽけなものになってしまった、ということだった。けれどわたしはことを調べ上げるのには、断然賛成だ。」ピープスはまだのんきにスタンドで評論をやっており、自分が議会を相手の闘技場に追い出される日の近いことを知らないのだ。「どうやら血なまぐさいことになりそうだ……誰も彼も保身に専念し、自分を守るためには他人をなじることなど何とも思わない。わたしも右にならえだ。だが、この結果はどうなることやら……ベリングの話では、アルビマール公爵夫人が、ピープスさんは大丈夫、あの人は立派に務めをはたしていたから、と言ったそうな。ありがたいことに、誰でも皆わたしのことはそう言ってくれている。それに実際、自惚《うぬぼ》れなしに考えて、議会が問題を調査しても、わたしには害より利益のほうが多いと思う。」

だが、そのうち話はだんだんきな臭くなってくる。いとこにあたる国会議員のロジャー・ピープスが、「何事につけ返事ができるよう準備しておけ、と言っていた。というのは、連中はチャタムの一件を海軍省の役人のせいにし、どこかに罪をドカッとなすりつけて、血祭りに挙げようと決めてかかっているから、と言うのだ。そして身の安全を計れと言い、これこれのことは用心しろ、とこっそり教えてくれた――ありがたいことだ――多少心配になり始めた。わたしのようにこれだけ勤勉に苦労をしていても、運悪く手抜かりか何かがあれば、それが他の人間の、のべつ幕なしの職務怠慢や不誠実と同じように、生命《いのち》取りになることもあり得るのだから。」「怒り狂った議会を相手に、われわれ、とくにわたしはどうなるのかと、希望と恐怖と疑いの間にはさまれ、頭も心も思いで一杯だ……四時頃まではまあよく眠れたのだが、それ以後は駄目だった。他の連中の怠慢のために、ひょっとして役所に降りかかるかも知れぬ非難から、わが身を弁護するためには、議会でどんなことを言ったらよいかと思いが走るのだ。」

一六六七年の議会は、一度証人として喚問されただけ、それも答弁好評のうちに、一見こと、もなく、六八年二月再開ということで休会になった。が、チャールズ二世はその代償として、議会に会計検査特別委員会の設置を認め、王権に文句をつけない限り、オランダ戦争中の戦費支出を徹底的に追求し、敗戦の責任者を洗い出すのは自由、ということで議会を妥協させたのである。つまりチャールズ二世は、海軍省をとかげの尻っ尾と切り捨てて、議会の生贄《いけにえ》に供し、身の安全を計ったのだ。海軍の総司令官ヨーク公もこれに同調した。「どうやら彼も、国王がやっているのと同じように、われわれを見捨てて、浮かぶなと沈むなと勝手にしろ、と思っているらしい。思うに、議会が、彼の名誉にからむことで、どんな手に出るか、身の心配もない訳ではないのだ。」

腰をすえるピープス

これはえらいことになってきた。何しろ当時の議会は私権剝奪権《アテインダー》、つまり政治的理由で人をロンドン塔に連れこみ、首を切る権限をもっていた。国王の庇護なく素っ裸で議会に立ち向かう場合、一つ間違うと取り返しのつかないことになるのだ。サー・W・コヴェントリはピープスに、「議会をあしらうこの世で最大の知恵は、あまり口を利かず、聞き出せるものなら、腕ずくででも聞き出してみろ、と仕向けることだ」と助言した。この意見自体は二〇世紀の今日においても不易《ふえき》の価値をもつが、それは付け焼刃では何の役にも立たない。それどころか、かえって害になる場合もある。要は腹に一本どっしりとした哲学が納まっていることだ。そしてピープスがいろいろ思い悩み、おのれの脚下《きゃっか》を顧みて思いいたった結論は、「きちんと帳簿をつけている人間には、こわいことは何もないし、こわがる理由もない」ということだった。帳簿に証拠が残っている限り、それにしがみついて事実を述べるのだ。無責任に流動変転を重ねるのが常の「政治」という怪物に対抗するのに、無力な「事務」には、これしか方法がないのだ。

「サー・W・ターナーは会計検査特別委のことをしゃべり始めた。彼も委員の一人なのだ。だが、たとえ彼らがこの国始まって以来の最大の権限をもち、われわれの裁判官になるとしても、わたしは一言も好意を乞い願ったり、お祝いを述べたりするような口は利かなかった。ただ、彼の言うことに返事しただけで、心の中では、自分の責任に帰せられることといっさいに答えられるよう、黙って準備することに身の浮沈《ふちん》を賭けると決心している。それがわたしとして最善の道だと思う。」しかし、この特別委の権限は強大で、恐怖は当然起こってくる。「部下たちと特別委設置法について論じた。この法律を読んだ連中の話では(わたしはまだ読んでない。実際その法律の性質たるや、わざわざ読みたいとは思わぬものだ。心配の種になるような事柄に出くわしてはかなわないから)、臣下に与えられた例もないほど強大な権限を委員連中に与えているらしい。これは行き過ぎだ。」

証人として喚問される

そのうちやはり特別委から召喚《しょうかん》状が届く。期日は二月五日、ことはサンドイッチ伯の分捕品横領問題に関してである。これについては、ピープスもおよそ五〇〇ポンドほどお相伴《しょうばん》に預った弱味があるから、真剣に考える。だが、考えてみると、どう見てもこれは生命に別状あるような問題ではなさそうだ、と見極めがつく。「自分の利益がどれだけだったかを白状しても、最悪のところで、その利得分を追徴《ついちょう》されるだけだろう——それなら払えばよい。」こう居直ってしまうと案外気持ちは落ちついてくる。反対側の証人に呼ばれた水夫が金をゆすりにきても、「わたしは彼に、知っていることは何でも証言して、わたしに遠慮はするなと言い、金品を約束したり、与えたりはしなかった。」そして案ずるより産むは易く、喚問も別段のこともなく終った。しかしピープスは自分の動顛《どうてん》のほど、小心のほどを正直に告白する。「わたしの肝っ玉は実に小さく、ほとんど気もそぞろになり、心を痛めるあまり、何も考えられず、何もできず、ただただ困りはて、いらいらし、もうおれは駄目だと思うばかりだった——だから、われとわが身が恥ずかしいし、もし本当の災厄が降りかかってきたときには、どうなることかと心配だ。」

人は死して蔵書を残す

緊張の後には弛緩《しかん》が必要である。喚問前の一月一三日、「マーティン書店に立ち寄る。妻に翻訳させようかと思うフランス語の本があった。『女学校』という題である。だが中を覗いてみると、はじめてお目にかかるような猥褻でみだらな本だ。『旅の娼婦』よりなおひどい──読むのが恥ずかしくなった。」だが、二月五日に委員会の喚問が済み、肩の荷を下ろした思いの二月八日には、「ストランドの本屋へ行った。一時間ばかり居て、例の碌《ろく》でもない不真面目な本、『女学校』を買った。仮綴じのままだ。というのは、読んでしまったら、すぐそれを焼くつもりだから。蔵書目録や蔵書の中にこんなものがあってはならない。見つかったら恥になる。」二月九日、「起床後、午前中ずっと書斎で、その後役所で仕事の合間に、『女学校』を少し読んだ。大変な猥本《わいほん》である。だが、真面目な人間として、一度は目を通しておくのも、この世の邪悪さが分かって、損ではない……書斎に入って『女学校』を読み通した。猥本であるが、知識を得るには読んで悪いものではない。〔ここで一行、例の国際語で、思わず雄心《おごころ》を誘われた次第が述べてあって〕読後、焼却した。蔵書の中に残って恥をかいてはならないから。」そして現在、ピープス文庫にはこの本は見当たらない。

議会対策を練る

話は元に戻って議会のことである。その後委員会の活動は活潑を極め、戦争中の待遇についての苦情申し立てを水夫たちに奨励し、これを基に海軍省を糾弾《きゅうだん》しようとする。「町中は海軍省の役人が皆馘《くび》になるという噂でもち切りである。」ピープスは思う。「わたしには良い本と良いヴァイオリンを買うだけの金もあれば、良い妻もいる。」「手に入れた僅かばかりの金は助かるだろう。だからのんきに暮らすに事は欠かないのだ。もうこういう暮らしは厭になった。」だが、そう愚痴ってみても、目の前の状況はどうにもならない。

「サー・R・ブルックスは例の調子で論じていた――『われわれは』、『われわれは』ばかりなのだ。『どんな口実を並べ立てても、鐚銭《びたせん》一枚出さないぞ。たとえまた敵軍がテムズ河に現われても、この前渡した金がどうなったか分かるまでは駄目だ。』彼は仲間の意見を代弁しているのだと思う――そのとおりやるならやるがいい。国王がそれをお許しになるかどうか。」先に議会に救世主の役を期待していたピープスも、こうやって贖罪の山羊《スケープゴート》として議会に身を差し出されると、助けを求めて国王に頼らずにはおれないのだ。

ピープスはさらにもう一度証人として三月五日に議会に喚問される。なにしろピープスの同僚たちは、皆国会に議席をもっており、いざとなると要領よく議会側に身を移す。だから議会との応対は、ピープスが一手に引き受けざるを得ないのだ。委員会は苦情のもっとも多かった、金券による水夫の給料支払いを調べ上げ、海軍省に返答如何と迫ってくる。だが喚問の趣旨はそうであっても、相手は議会のこと、何が飛び出し、どんなことになるやら、予想もつかない。まず一番に気がかりなのは、出入り商人からちょくちょく貰った付届《つけとどけ》である。これについては口裏《くちうら》を合わせておく必要がある。「サー・W・ウォレン、次いでサー・G・ゴーデンと打ち合わせをし、彼らから受け取った贈り物については公表しないようにしてもらった。もし公表する場合には、それは海軍関係のことではなく、タンジャ関係で受け取ったものだ、とすることにした。サー・W・ウォレンについてはこれは真実なのだ。いずれの場合も、わたしの方から何かを要求したことは一度もなかったのだ。他の連中にも同様の手当てをしておかなければならない。」足許をこうやって固めておいて、彼は答弁の準備にかかる。

皇国の興廃この一戦にあり

三月二日、「仕事にかかり、部下とともに役所から議会への、金券問題に関する返答を準備する。夜の一二時すぎまで。」三月三日、「役所に集合、今回の議会への返答という大仕事にかかる。たいそう腹が立ったことには、ブラウンカー卿〔弁務官の一人〕は自分の弁護しか用意していないのだ。そんなことに身を煩《わずら》わせる理由などちっともないわたしが、大いに苦労して皆を弁護する準備をしているのに。それどころか彼は、金券で解雇金を支払うことを始めたのを、わたしのせいにしようとしているのだ――だが、構うものか。役所の仕事は全部わたしがしているのだということを、議会がわたしの口からではなしに知ったときには、わたしの名誉は上がるはずだから。」三月四日、「役所に帰るとすぐ仕事に取りかかった。邪魔が入らぬようにドアに鍵をかけた。われわれ――わたしと部下たち――は、夜まで一日中忙しくし、高等官たちがやってきた時には、わたしがしゃべる予定の内容を項目にして示すことができた。が、そんな面倒を見なくちゃならない義理は全然ないわたしに、連中がまったく頼り切りなのを見て、大いに不満だった。それにこれだけの苦労に対し、連中から一言のお礼も言ってもらえなかった。それどころか、逆にブラウンカー卿はどえらくむずかしい顔をして、わたしのやり方では彼を救うようにはなっていない、と考えているようだった。これですっかり調子が狂い、それに時間の短さ、用事の多さが相俟《あいま》って、夜の一〇時までしかやれなかった。それからまったく疲れはて、頭は働かず、心は落ちつかず、もう続けられなくなり、後は明日の朝にしようと決めた。それでまったく不満足のまま、疲労困憊《ひろうこんぱい》、仕事を止め、家へ帰って、夜食抜きで、いらいらしながら、気分も悪く床についた――そして、ものの三時間も眠ったろうか、また目が覚め、生まれてこの方はじめての悩みようで、背負った任務のこと、しかもその土台がなんとも不満足なものであること、身に及ぶ結果はどうなるだろうかということを考えていた。こういう思いに頭を悩ませながら、六時頃まで反側転々《はんそくてんてん》していたが、とうとう妻に口を利《き》いてもらって、気安めにしようとした。妻もやっとそうしてくれて、この件で責任をはたしたら、役所から手を引き、もう宮仕えの苦労を我慢はしないと決心をつけさせてくれた。」

正念場を見事にクリアする

そして正念場の三月五日の朝がくる。「大いに悩みながらも、妻とこういう話をしたことで少し気が楽になって、起床し、役所へ行った。書記たちも出勤していた。それから大急ぎ、やれる限りで、今日の演説の覚え書をさらにいくつか作って、九時頃……ウェストミンスターへ出かけた……だが、今日の結果を思うと心配で、気を落ちつけるために酒屋の『犬《ザ・ドック》』へ行き、白ワインを熱燗《あつかん》で半パイントひっかけ、会館の中のハウレットのおかみの店でブランデーを一口やると、腹が暖まり、度胸のほうも本調子になった……一一時と一二時の間に呼ばれて入ってみると、議場は満員、われわれの弁明やいかにと待ち構え、偏見に満ちみちた様子だった。議長が議院の不満とするところを述べ、委員会の報告を読み上げた。その後わたしは実に分かりやすく、なめらかに弁論を始め、言い淀《よど》みも詰まりもせず、滔々《とうとう》と、まるで自分の家の食卓にいる時のように、上がりもせずに話し続け、午後の三時にいたった。その間議長から口をはさまれることもなしで、われわれは退出した。外へ出てみると、同僚たち皆、そして聞いていた人たち皆、お祝いの言葉を述べ、わたしの演説をこれまで聞いた中で一番立派なものだと褒めてくれた。」

自画自讃ここにきわまれり

要するにピープスは、徹底的に証拠を整えた、有無《うむ》を言わせぬ雄弁で、海軍省に手落ちのなかったことを論証したのである。だが、その翌日の日記が大変である。「サー・W・コヴェントリは開口一番、『おはよう、ピープス君、きみは国会議長になって当然だ』と言い、わたしが議会史に残る栄誉を得た、と断言した。隣に坐っていた彼の弟も感心していたし、もう一人別の議員は、法服をつけて法廷に出れば、少なくとも年一〇〇〇ポンドは稼げると言った由である。しかし、わたしにとって一番嬉しかったのは、法務次官がわたしをイギリス一の雄弁家だと思うと断言したと、サー・W・コヴェントリが言ってくれたことだ……ヨーク公のところへ伺候《しこう》した……公はわたしを見るなり、たいへん満足そうに、昨日のわたしの演説で意見を変えた人も沢山いるとおっしゃり、わたしのことをたいそう褒めながら話を続けられた……やがて国王がヨーク公と二人で寄ってこられて、おっしゃった。『ピープス君、昨日の成功おめでとう。』そして、わたしの話上手なことを言い出された。多くの貴族が居合わせていたが、バークリー卿は噂に聞いたとわたしを褒めた。国王のまわりに国会議員たちもいたが、あんな風な演説を聞くのは生まれてはじめてだ、と言っていた。寝室係侍従のプロジャーズが、後ほど午後になってブラウンカーの前で、わたしに誓って言ったことだが、彼はわたしが法務次官になる資格があると思うと国王に言ったそうな。わたしを見かけたほとんどすべての人は、寄ってきて、ジョウゼフ・ウィリアムスンやその他の人びとのように、ここで述べる訳にもゆかぬような賞讃の言葉を言ってくれた。そこからウェストミンスター会館へ行くと、G・モンタギュ氏に会った。彼は寄ってきてキスをすると、これまでは度たびわたしの手にキスをしたけれど、今は唇にしたいと言い、わたしをキケロの再来だと断言して、世間は皆そう言っている、と言った。アッシュバーナム氏や、その他そこで出会った議会関係、あるいは議会の動きを少しでも知っている人は皆、こういう讃辞をわたしに浴びせかけた――ゴドルフィン氏とサンズ氏は、あのような演説がまた聞けるのなら、いついかなる時でも、二〇マイルの道を遠しとしない、それに、あれほど多くの人間が四時間も坐りっ放しで、一人の人間の話を聞いたというのは、前代未聞《みもん》のことだと言っていた。チチリ氏、サー・J・ダンカム、そのほか皆、わたしの腕前は国中に鳴り響くことだろう、これでわたしの余生は大丈夫だ、と言った。コック船長やその他の友人たちも、自分の腕前を天下に轟《とどろ》かせるのに、こんなチャンスに恵まれた人もいないだろうと言った。それから、ついでにここで一纏《まと》めにして述べておくが、ロンドン塔長官の話によると、ヴォーン氏は、自分は二六年議員を勤めているが、これまでこんな演説は聞いたことがないと断言し、彼の聞いているところで、同じことをアルビマール公爵に、そして後ほどまたコヴェントリ氏に言った由である。」そしてこの興奮の余韻は、後一週間納まらない。

ここでわれわれは、まずピープスの記憶力の良さに感心する。そしてその次に、この自己顕示のすさまじさに辟易《へきえき》する。人間だれしも自分の功名《こうみよう》を誇ってはならないと心得ている。そして我慢に我慢を重ねるのだが、ついチョロリと手柄話をしてしまう。そしてそれはチョロリであるだけに、いっそう厭味である。だが、日記の中でこれだけ手放しに自慢しておけば、かえって飽きがきて、もう人前ではそんなことはもののはずみにだって口にしなくなるだろう。これも日記の効用の一つなのだ。ピープスは今回の働きによって、文句なしに海軍省内第一の実力者となる。しかも単身議会の攻撃を撃退し、王権を擁護したお手柄のゆえに、チャールズ二世、そしてその後を襲ってジェームズ二世となるヨーク公のお覚えはますます目出たくなる。今後ピープスは今一度失脚の危険にさらされるけれど、それをも持ち前の実証主義で切り抜けて、結局、最後には海軍大臣にまで出世する〔一六八五年〕ことになる。

立身出世を支えたもの

ピープスのこのような成功の根本には、即物的な現実主義、厳格な事実密着の姿勢がある。妻の家計簿の些細な誤ちを見逃さず、自分の貯金の計算を毎月行うといったことも、この性癖《せいへき》の表われであるが、彼の具体的事象への好奇心の強さもまた、そこから発している。彼が同僚に抜きん出て海軍省随一の実務通となったのには、すでに述べたように、各種の物資の価格、製法、品質についての実地の見聞に基づく詳細な知識があずかって力があったが、彼の好奇心は単に仕事の上ばかりではなく、それと全然無関係のことにまで及ぶ。要するに、彼は物見高いのである。東に死刑執行があると聞けば、馳せ参じてこれを見物するし、西にクロムウェルの遺体がさらし物にされているとなると、何はさておき拝観に出かける。賭けごとをする度胸はさらさらないくせに、賭場《とば》を見物して詳細な記録を残しているし、旅先で大理石を切っている人夫を見かけると、酒手《さかて》を六ペンスはずんで、そこに坐りこみ、大理石の切り方、磨き方の手ほどきを受ける。望遠鏡や顕微鏡を商人が持ちこんでくると、すぐさまそれを買い入れ、いじくって楽しむのである。

輸血の実験

こういう好奇心の赴《おもむ》くところ、彼は創立間もない王立協会《ロイアル・ソサエティ》の会員となり、その公開実験に立ち会い、会員の学者との談話を楽しみ、協会の活動についての興味ある記録を残している。「クルーン博士は、今晩協会の例会でおもしろい実験があった、と話してくれた。一匹の犬から血を取り出して(この犬が死ぬまで)、それを脇にいるもう一方の犬の中へ注ぎこみ、その間にこの犬自身の血を外へ流し出すのだ。最初の犬はその場で死んだが、もう一方はたいへん元気で、おそらく今後も元気だろう。このことに触発されて、クェーカー教徒の血を大司教の体に入れたらとか、いろいろのおもしろい提案がなされた。しかし、クルーン博士は、もしこれがうまく行けば、人間の健康にはたいへん役に立つかもしれない、健康な体から借りてきて、自分の悪い血を良くすることができるのだから、と言っている。」これは六六年一一月一四日の記事である。それから一年、王立協会の面々〔もちろんピープスのような彌次馬は別として〕は、この実験の人間への応用の可能性を論議していたに違いない。というのは、六七年一一月二一日には、次のようなことが書いてあるからである。「彼らの話では、多少お宗旨がかって、金に困り、身をもち崩した男を、協会が二〇シリングで雇って、羊の血を少し体の中に入れることにしたとのことだ。それは来週の土曜日に行われる。予定としては、一二オンスの血を入れるはずで、計算によると、時計で計って一分間に、入れることのできる量はそれだけらしい。その結果については、意見は分かれている。宗旨がかった男だから、血を冷やすのに効き目はあるかもしれない、と考える人もいるし、他の連中は、まったく何の変化もないはずと言っている。でも、体は健康なのだから、このことでもし何か体に異常があれば、説明できるだろうから、役に立つかもしれない。」協会の誘いを受けたこの狂信者は、自分は小羊の血を受けるのだから、喜んで引き受けると答えたそうである。われわれ二〇世紀の人間が固唾《かたず》を飲み、あわれこの男の運命やいかにと思う間に、一〇日ほど後の日記に次のような記事が見える。「血を抜かれた男に会ってホッとした。彼は弁舌達者で、今日協会にその件につき、ラテン語で報告書を出した、それ以後体の調子はずいぶん良く、まるで生まれ変ったようだ、と言っている」と。まったくの蛇足《だそく》で恐縮だが、キリスト教ではキリストのことを、「神の小羊」と呼ぶのである。

音楽もまたわが生きる悦び

ピープスの趣味はさらに音楽にも及ぶ。彼は竪笛と琵琶《びわ》を能《よ》くし、声楽ことに合唱を好んだ。その上作曲法を学び、自分の気に入った詩に曲をつけ、これをなじみの女優に歌わせて悦に入るなど、その音楽好きは堂に入ったものだった。

この年、六八年の二月、ピープスは劇場の効果に用いられた管楽器の演奏に異様な恍惚《こうこつ》を覚えている。「この世の何よりもわたしを喜ばせたものは、天使が降りてくる時の管楽器の音楽だった。あまりの美しさにうっとりしてしまった。そして実際、一言にして言えば、わたしの魂は包みこまれて、その昔妻に恋していた時とそっくり同じように、胸が詰まるような思いになった。それもその時だけではないのだ。一晩中、家に帰るときも、帰ってからも、わたしは何も考えることができず、一晩中恍惚としていた。音楽がこれほどまでに人間の魂をほんとうに捕えて放さないことがあるとは、信じられないことだ。」ピープスの音楽趣味は本物だったようである。

「今やわが家は満員、腕達者なヴァイオリン弾きが四人きた。そこで皆連れ立って役所へ出かけ、そこで踊り始め、一、二時間踊り続けた。皆たいそう上機嫌だった。大いに楽しく踊り、歌い、また踊り、また三部合唱でいろんな歌を歌った。それから役所で夜食をした。料理は美味、なんとも賑やかだった。その後また踊り、歌い、そのようにしてほとんど朝の三時まで続け、それから、こんなに楽しかったことはない、と言い合って散会した。マーサーは思いもかけず、何のきっかけからか、聞いたこともないイタリアの歌を歌い、他の二人が加わって三部合唱になった。それでわたしはほとんどうっとり、ますます彼女をその歌のゆえに愛するようになった。ピアス夫人といっしょに、二階で寝ているニップ〔ピープスお気に入りの女優〕のところへ上がって行った。そして二人で彼女を起こし、彼女の乳房をまさぐり、そこにキスをして、歌を歌い、寝に行った――この一夜の仕事で心中大いに満足し、これこそ現世で望むべきもっとも楽しき悦楽の一つならんか、と考えた。」ピープスはかつて言っていた。「音楽と女性にはどうしたって負けてしまう、どんな仕事が控えていようと」と。これはピープスの歓楽の夜の一例にすぎない。

X　ピープス氏、矛を収める　一六六九年

妻エリザベス・サンミシェル

「神様もご存じだ。どんなに誓いを立てても、わたしの心はどうしてもそれを欲し続けるのだ。」

浅学の身の情なさ、典拠は荷風の日記にしか見出せないが、世に一盗二婢三妓四妾五妻という言葉があると聞く。このランクづけの原理は複雑かつ多面的であるが、それには経済的安直性の考慮が大きく働いているようである。

ピープスのロマンティシズム

少なくともピープスの場合、その実践活動の跡をつぶさに検討してみると、彼が時間と金と、あらゆる意味での安直を尊《たっと》んだことは明白である。一八世紀イギリスの小説家リチャードソンの作品に、『クラリッサ』というのがある。そこでは稀代《きたい》の色事師ラヴレスが淑徳の鑑《かがみ》たるクラリッサを攻略しようとして、全力を挙げ、秘術の限りを尽くす。こういう色道《しきどう》の極意《ごくい》を窮めんとする達人にくらべると、ピープスはまったくのパートタイマー、実に安直な手段、安直な相手しか選ばない。先にも言ったとおり、ピープスのロマンティシズムは、妻との結婚で使い尽くされ、あとにはその痕跡も残らなかったのだ。

もちろん、彼にも理想美の女性と崇《あが》める人はいた。それは例のカースルメーン伯爵夫人だ。

「立派な貴婦人たちが綺羅《きら》を飾っていたが、なかでもカースルメーン伯爵夫人は抜群だ。真の美人と思えるのは彼女だけだ。」劇場で彼女の姿を見かけても、「彼女の美しさはいかほど嘆賞してもしすぎることはなく」、彼は「心ゆくまで彼女を眺めて楽しむ」し、その肖像画を見ると、「実に素敵な絵だ、ぜひ複製を作らせようと思う」ほどの憧《あこが》れ方だった。日頃チャールズ二世の放蕩《ほうとう》を慨嘆《がいたん》しながらも、彼女にだけは好意を寄せる。「奇妙なことに、彼女の美貌のゆえに、わたしはこういったことすべてを、進んで好意的に解釈し、彼女に不利なことがあると、気の毒に思いたくなるのだ。彼女があばずれ女だとはよく分かっているのだけれど。」だが、もちろんピープスにとっては、彼女は高嶺《たかね》の花、サッポーのいわゆる梢《こずえ》高くに赤く輝くリンゴのようなもので、彼としては、せいぜいのところで、上述した疫病の年のある夜の夢や、「御内苑に干してあるカースルメーン伯爵夫人の肌着とリンネルのペティコートを見た。裾回りに豪奢《ごうしゃ》なレースがついていて、はじめて見るほど立派なものだった。これを見て眼福《がんぷく》を得た気持だ」というくらいの儚《はかな》い満足で諦めなければならなかった。

情事も役得のうち

バグエル夫人のことはすでに述べた。これがはたして純粋に「盗」の呼び名に値いするかどうか、一抹《いちまつ》の疑念が残る。この場合と同様にピープスの情事には、これも役得、といった不純な——情事に純粋なものがあると前提してのことだが——要素のまつわることが多い。「美人の未亡人バロウズがきた。かわいそうに、用件というのは、亡夫の金券の支払いの陳情だった——わたしは自分でそれを払ってやって、彼女に何度もキスをした——これからも度たび交際したいものだと思う。」「起床、グリニジのクラーク夫人とその娘ダニエルが待っていた。用件というのは、他にもいろいろあったが、娘の願いごとだった。それでわたしの部屋へ連れて行って聞いてみると、彼女の亭主が今建造中の新しいヨット船の船長になれるよう口添えしてくれということだった——協力すると約束した。そして機会を捕えて彼女にキスをし、乳房にさわった。」これらの記述は皆、要所要所「国際語」でなされている。そして以後ピープスとこの二人の関係は、決して一期《いちご》一会《いちえ》のものに終りはしなかったようである。

同種の記事に次のようなものがある。「船頭のデルクス老人が娘のロビンズを連れてやってくると、何度か行ったり来たりした後で、娘をわたしの許に置いて行った——用件というのは、昨日またもう一度強制徴募にかかった息子のロビンズを釈放してくれということだった。そしてわたしは」——と、この娘に手出しして失敗したことが国際語で書いてあって——「でも、この次にはきっとものにできるだろう」とギリシア語で結んでいる。バグエル、バロウズ、ダニエル、そしてロビンズ、いずれも金目《かねめ》の贈り物はできそうにない境遇《きょうぐう》にある。だから彼女らとしては、願いのほどを達成するには、こうした反対給付の可能性をちらつかせるより他に道はなかったのだろう。それにつけこみ、自分の社会的地位の優越に物を言わせるピープスは、まこと武士の風上にも置けぬ男とそしられても、弁明の余地はないだろう。だがそれとともに、それでも相手にうんと言わせるだけの魅力がピープスにあったことは、認めなければならない。死んでもいいやと言われそうな男も世に多いのだから。

本命はマーティン夫人

だが、ピープスをめぐる数多《あまた》の女性のうち、もっとも長続きし、交渉の回数も一番多かったのは、ベティ・レーン〔後にマーティン夫人〕である。これは元来ウェストミンスター会館の小間物屋の売子だった。ピープスが最初関係をもった頃は未婚だったので、彼は後腐れの生じることを恐れて、彼女と会う度に、「もう二度とこんなことはしないと決心している」とか、「今後長い間逢うつもりはない」とか、「これが一生で最後のことだ」などと健気《けなげ》な決心を書きつけるが、世の中は言うに易く行うに難いことばかりで、彼女との関係は、牛の涎《よだれ》のようにだらだらと続く。それならいっそ、彼女を他の男と結婚させたほうが安全だと気がつき、神妙な顔をして自分の下僚との縁談を取りもつが、いかに無原則が売り物のヒメーンの神といえど、さすがにこれにはあきれ返ってそっぽを向いたのであろう、ピープスの努力は水泡に帰した。

だが、縁は異なもの味なもの、そのうち彼女が結婚したという噂が届く。相手はピープスの威光の及ぶ水夫とのことだ。「近々ぜひ彼女と一戦交える必要がある。結婚してどんな様子か知るためにも。」翌日彼女と会ったピープスは書いている。「きっと彼女は亭主にとってひどい女房になることだろう。というのは、彼女は亭主がロンドンから出て行ったらすぐ、来週にでも会う日を決めてくれ、とせがんだからである。」こうなると後はもう一瀉千里《いっしゃせんり》、ピープスはこの「腿《もも》と脚のとても白い、ものすごく肥った」、貞操観念ゆるやかなご婦人と、緊密な友好関係を保ってゆく。ピープスにはこのルノワール風の豊満さがよかったようだ。というのは、彼は別の女性について、「その腹に手を当ててみたが……彼女はとても痩せていて、たいして快楽は得られなかった」と言っているからである。もちろんピープスとて人の子で、道心堅固で清純な乙女が、必死になって誘惑と戦いながら、ついにピープスその人の魅力に負け、ためらい、おののき、最後に彼の前に身を投げ出す、といった情景に憧れていた。だから彼は、このマーティン夫人との逢瀬《おうせ》から、「彼女の無作法にげんなりして帰る」こともあれば、「自由奔放でしどけない彼女との交際が、あまり気に入らぬ」思いをし、「彼女は世界一鉄面皮の女になってしまった――だから、かつて彼女とともにした快楽には飽きがきた」と慨嘆《がいたん》もするのである。

しかしそれでも、彼女との関係は日記の終り頃まで続いてゆく。それは彼女がきわめて便利な存在だったからに他ならない。いつどんな時でも手近にいるし、水夫の亭主はたいてい航海中である。そして彼女はピープスに、「したいと思うことをする自由を喜んで許してくれる。」それに第一、安直である。「かかった費用は、彼女に与えたワインとケーキ代二シリングだった。」マーティン夫人がピープスにとっていかに便利な存在であったかを示す一つの挿話がある。ピープス夫人は二週間ほど前から田舎に出かけて不在だった。手持無沙汰のピープスは遊廓を冷やかしに出かける。「のらくらした浮かれ心で、フリート小路を歩いていると、一軒の戸口にたいそう綺麗な娘が一人立っていた。それで一、二度行ったり来たりしたが、体面と良心の意識から、中へ入ることは止めにした。けれどずいぶん後髪《うしろがみ》を引かれる思いをしながら、馬車を呼び止め、ウェストミンスター会館へ行き、ベティのところで降りた……こうして五、六シリング彼女のために使うだけで、したいだけのことができた……それからフリート通りからフリード小路を訪ねた。われとわが身を制することができなかったのだ。中へ入ってみると、様子は以前に見聞きしていたとおりで、こういう店の性悪なこと、お客に無理やり即座に金を使わせるのだ。相手の女性はたしかに大変な美人だったが、かかわり合いになる度胸はなかった。病気をもっていては困るから。それで懐が淋しいふりをしてみせた。この姫君の抜け目なさたるや見事であった。わたしに金がないと分かると、その後はいっさいいかなる手出しも許そうとせず、わたしに向かって、はじめはこの人は行きずりの客と思ってたけれど、今ではお馴染《なじ》みになれそうだ、などと言うのだ――でも、そんなことにはならないよう、神かけて願う。というのは、彼女がたとえ絶世の美人であるとしても、たらしこまれるのはご免だから。」これがピープスの「妓」の経験である。そしてこの日このように余裕をもって、この花魁《おいらん》の言動を観察し、「ほんとにロンドンはこわい」と嘆かずに済んだのは、費用五、六シリングの安全弁があったおかげなのだ。ピープスはこのように安直を重んじる。だから、第三の項目についてはこれ以外の話はないし、それよりもっと金のかかる第四の項目については、当然述べるべき事実がない。そして最後に残った第二の「婢」の話が、彼の日記の掉尾《とうび》を飾る。

道心これ微なるは……

ピープスはけっして無反省な不《ふ》徳義《とくぎ》漢《かん》ではない。昼間ベティ・レーンと怪しげな行為に耽《ふけ》り、その後役所へ戻って仕事をし、深夜帰宅すると、「妻は一所懸命働いていた。こんな善良な人間を騙《だま》しているかと思うと、心が痛んだ。わたしが彼女に徳義を守らないから、彼女がわたしにつんけん当たるのも当然なのだ。もうこんなことは二度としないと決心した」と、殊勝な発意をすることもある。また時として「主よ、なんとわたしの本性は、誘惑に際して身を慎むことができないのでしょう」、「わたしの快楽を愛する気持はひどいもので、わたしの魂そのものが、そういう振舞をするわたしの愚かしさのゆえに、われとわが身に腹を立てているのです」と、おのれの弱さにほとほと愛想を尽かし、女性を断つと誓いを立て、「主よ、もしわたしがそのとおり身を保つことができたら、なんと仕合せな状態になれることでしょう」と、貞節純潔の境地に憧《あこが》れもする。だが、悲しいかな、人心これ危うく、道心これ微《かすか》なるは、アダムとイヴの昔から変ることなく、もとよりピープスとてその例外ではない。それでつい一番手近な妻の小間使に食指が動いてしまう。するとピープス夫人は悋気《りんき》の角《つの》を生やし、その小間使を解雇する。こういう騒ぎが何度かくり返されたあと、六七年九月に何人目かの娘が新しくお目見得にやってくる。その名をデボラ・ウィレット、愛称デブという。

「彼女はかならずしも前評判ほどの大美人ではないようだが、実際、たしかにたいそう綺麗だった。あまり綺麗だから、こちらの鼻の下が伸びそうだ。だから頭で考えると、心は別だけれど、この娘《こ》は来ないほうがよいと思う。この娘をかまいすぎて、妻の機嫌を損ねてはいけないから。」最初はピープスもこのように用心していた。そして一月たった後でも、「どうやら妻は、わたしがウィレットを好きだというので、もう早、少し焼きもちを起こしているらしい。だが、その気持を長く続かせるような種を作ることは避けようと思う」と慎重ながら、日記の中では正直正太夫のピープスは、その後へ「できる限りは」と留保をつけることを忘れない。そのうちデブの叔母《おば》が訪ねてきて、「こちらにお世話になってから、胸許がふくらんできたようだ」などと刺戟的なことを言うし、日常座臥《にちじょうざが》接触の機会が多くなるにつれ、ついつい手出しをしてしまう。そういう時のデブの花も恥じらうような仕草は、ピープスにはこたえられない。マーティン夫人などには願っても得られぬこの娘の、清楚《せいそ》な魅力のとりこになったピープスは、彼女が主人への遠慮でおとなしくじっと我慢しているのを、おのれの男性的魅力のしからしめるところと勘違いし、自惚れのぼせてなおさら迫ってゆく。こうして、デブが彼の家にきてから約一年後、六八年一〇月二五日、ピープスは彼女を抱擁《ほうよう》している現場を妻におさえられる。

ピープス夫人狂乱する

「わたしはまったく途方にくれた。デブも同じだった。それで何食わぬ顔をして済まそうとしたが、妻は口も利けないほど怒っていて、やっと声が出るようになると、すっかり取り乱してしまった。わたしは口数少なく寝に行った。妻もあまり物を言わなかったが、一晩中眠れずにいた。そして朝の二時頃、わたしを起こして泣き出した……次から次へといろんなことを言っていたが、そのうちやっとはっきりしたのは、今夜見たことでごねているらしい、ということだった。しかし、妻がどこまで見ていたのか分からないから、何も言わずにいた。でも彼女がたいそう泣き喚き、わたしを浮気者だ、あんなつまらぬ娘を本妻よりも大事にして、と咎《とが》め立てるものだから、話をこじらせぬよう、すべてについて公明正大に振舞うし、彼女を愛していると約束し、何も悪いことはしていないと言い切ったので——とうとう彼女もまた静まったようだった。それで明け方になって少し眠った。」

これから三日間、ピープスの日記は切れ目がない。つまり三日三晩続けて、夜中になるとピープス夫人が喚《わめ》き出し、明け方にいたるのだ。この時のピープス夫人は、妻として、主婦としての権威を守るため、必死になって戦っていたのだ。というのも、ピープスは公私ともになにしろ多忙、ついこの一年ほど前には、「妻はわたしがこの半年、彼女といっしょに寝ていないことに気がついたらしい」と書きつけているほど、不義理を重ねていたからである。彼女はこれまで辛抱に辛抱を重ねてきた。だが、ここを大目に見れば、この先どうなるか分からないのだ。二六日、「真夜中頃に彼女はわたしを起こして、罵《ののし》り、わたしがデブを抱き締め、キスをしているのを見たと言い張った。後のほうのことは否認した。それは事実じゃないのだから。前のほうは白状したけれど、それ以上は認めなかった。」〔これはピープスの詭弁《きべん》である。たしかにその時ピープスはデブにキスをしてはいなかった。しかし、手のほうはもっとたちの悪い仕事にかかっていたのだ。〕二七日、「夜寝に行く頃になって、妻は何かまた新しいことを思いついたのだろう、ものすごく腹を立て始め、ほとんど一晩中、わたしに向かって激しい言葉で、わたしの恥を世間に言い触らしてやると喚き通した。わたしが起き出そうとすると、自分でも起き上がって、蠟燭に火をつけ、炉棚《ろだな》の上で一晩中つけっ放しにして、喚いていた。」

亭主に恨みはかずかずござる

デブにお暇《ひま》が出されることはもう避けがたい。「かわいそうなこの娘のために悩んでいる。こんなふうにしてわたしが彼女の失職《くび》の原因になったのだから。」「でも彼女は出て行くのがいいと思う。妻の平和のためにも、わたしの平和のためにも。」というのは、妻は彼女の顔を見れば腹を立てずにおれないのだ。わたしに対するこの悋気《りんき》も当然なのだ。だからそれゆえ、また他に費用の点からしても、彼女を出て行かせるのが一番だ——彼女を愛し、憐れむ気持は変らないけれど」と、ピープスはまた貯金を思ってみずから慰め、デブを思い切ろうとするが、未練はやはり断ちがたく、まだひょっとして妻をなだめることもできるかもしれないと、徒《あだ》な望みを掛け、デブに秘密の手紙を送り、キスはしていなかったということで口裏を合わせて防禦線を敷こうとする。しかし、デブはピープス夫人の舌鋒鋭い追及の前にあえなくも崩れ去り、その時ピープスの手がしていたことを白状してしまう。

「これを聞いてたいそう困った。このことのわれわれ夫婦の間の今後の平和に及ぼす結果が予想できなかったから。」はたせるかな、ピープス夫人は恨みつらみを述べ立てる。「わたしはあなたへの義理立てのために、どれだけ多くの誘惑をはねつけてきたことでしょう。サンドイッチ卿からもフェラー船長を通じてお話があったし、ヒンチングブルック卿〔サンドイッチ伯の長男〕からも言い寄られた」と。この驚天動地の情報に接して、平時なら、まことこの世は生き馬の目を抜くような、というほどの感慨はあるところだが、今のピープスにはその余裕はない。彼はともかく妻をなだめることで手一杯である。そしてやっと床について三〇分も眠ったかと思うと、「妻はわたしを起こし、もう眠りはしませんわよ、と叫んで、真夜中すぎまで喚き通した。」ピープスは大声を上げ、涙を流して弁明するが、彼女は聞き入れない。「とうとう最後に彼女は、わたしに新しい誓いを立てさせ、とくにわたしが自分でデブに出て行けと言い、彼女を嫌っているところを見せる、と約束させた。」このあたりピープスは日記の記事を昨日と今日とつけ間違えるなど、連日連夜にわたる妻の猛攻を受け、フットワークに乱れを見せている。

尾をひくピープス

三日すると、新しい勤め口が見つかったから、デブは明日出て行くと聞かされる。「一目会うか、手紙を渡すか、些少の金をやるかしたかったので、四〇シリングを紙にくるんで渡そうと思った。ところが妻も間もなく起きてきて、わたしを目の届かぬところへは行かせようとしないのだ。わたしより先に台所へ降りて行って、また上がってくると、デブが台所にいるから、あっちを回って頂戴と言う。これをくり返し言うものだから、わたしもムッとし、多少怒って返事をすると、とたんに彼女はカンカンになり、わたしのことを犬、悪党と呼び、心も腐りはてていると言った。身に覚えのあることだから、わたしはこれを全部我慢した。やがて、デブは身の回りの品をもって馬車で出て行った、という報らせが届くと、妻はおとなしくなった。」そして、この日の日記の最後にピープスは書き加えている。

「ここで忘れず書いておかなければならないが、この喧嘩が始まって以来、この一年間になかったほど度たび、わたしは妻といっしょに夫として寝た――そして妻には、思うにこれまでの結婚生活のどの時期よりも、より大きな快楽があったようだ」と。

ふつうの人なら、これで一件落着ということになるのだろうが、イギリスのブルドッグは一度喰いつくとなかなか放さない。ピープスはすでに「わたしはこの娘の処女を頂戴しようと心に願ってる。いっしょに居られる時間が稼げたら、必ずやそうなると思う」と言っているのだ。彼はデブが言い残したことを手掛りに、その住所を突き止め、呼び出し、馬車の中で二人きりになると、かなりの悪さをしておいてから、説教強盗顔負けの論理をあやつる。「わたしとして出来る限りの助言を与えた。つまり、操《みさお》を大事にして、神を恐れ、今わたしがしたようなことは誰にもさせないように、と。彼女も約束した。」しかし、ほとんど動物的なまでに勘が鋭くなっているピープス夫人は、すぐにこの逢引《あいびき》に勘づき、大荒れに荒れ、デブの鼻を削《そ》ぎ取ってやると喚く始末である。そこでピープスは、「生命《いのち》ある限り、デブと逢いもしないし、口も利かない」と証文を書き、今後は下僚のW・ヒューアか妻の同伴がなければ、どこへも外出しないと誓うことで、やっと勘弁してもらう。

そして翌日、W・ヒューアを付け馬にして外出するが、ピープスは彼と話をつけ、彼を使者に、昨日の密会の発覚したことをデブに知らせにやる。が、帰宅してみると、ピープス夫人はこれにも勘づいた様子で、ヒステリーを起こす。百方これをなだめるうちに、「結局、こういうことになった。つまり、わたしがデブを『売女《ばいた》』と呼び、彼女が嫌いで、二度と会わない、という手紙を書くのなら、わたしを信用しようというのだ――それに同意したが、『売女』という言葉だけは勘弁してくれと言って、それを抜きにした手紙を書いたが、妻はとたんにそれを引き裂き、何と言っても聞き入れない。そのうちW・ヒューアが目くばせをしたので、『売女』の言葉を入れて手紙を書いた。」その翌日、「W・ヒューアは実に正直に、デブに宛てた手紙の中で、彼女を『売女』と呼んでいる部分をもって帰ってきてくれた。彼女に見せはしなかったと請け合っていた。」余談ながらつけ加えると、このW・ヒューアは後ほど出世して、ピープスの後任として海軍省書記官となり、晩年身寄りのなかったピープスを引き取り、死ぬまでの面倒を見る。それもおそらく、このデブ・ウィレットの事件で芽生えた友情によることだろう。

白旗かかげて全面降伏

しかし、ピープス夫人の嫉妬の炎は容易なことでは静まらない。「今夜妻に、毎夜跪《ひざまず》いて神に祈らないでは床につかない、と約束した。そして今日から始めた。生涯これを忘れないようにしたいものだ——というのは、神とあわれな妻を喜ばせて生きて行くのが、わたしの魂と肉体にとって、ほんとに最善の道だと分かったから——そのほうが苦労もずいぶん少なくなるし、費用もかからない。」最後の一句はいかにもピープス的である。それでもピープス夫人は満足しない。彼女は夜っぴて起きていて、眠っているピープスを監視し、寝言を言った、寝返りを打った、それはみなデブの夢を見ていたからだ、となじるのである。「それは知らんことだ。というのは普段以上にデブの夢を見た覚えがないからだ。目が覚めているとき、思いが時どき意志と判断に逆らって、彼女に走ることは否定できないけれど。」

波乱の六八年も押し詰まってきた。デブは再度勤めを変え、住所も分からない。ピープスはほとんど全面降伏の状態である。「妻の機嫌を損ねるのはこわい。今ではわたしはこれまでにないほど、妻を喜ばせることに慰《なぐさ》めを見出している——それはわたしにとって真の喜びなのだ。」そして六九年の正月には、「長い間ベッドの中で妻と話し合い、自分から進んで、彼女に着物その他すべての出費のために、年三〇ポンドの小遣いを渡すことにした。」これはピープスとして最大の忠誠の表現だろう。

しかし、ピープス夫人はテロのこつを覚えたようである。「床についた。妻も後からくるものとばかり思っていた。わたしはいつも床に入るとすぐ眠りこむのだが、やがて目が覚めると、妻は寝る用意などせず、新しい蠟燭をつけ、暖炉に薪《たきぎ》をくべ足していた。たいそう寒かったせいもある。これは困ったことだと思い、しばらくしてから、召使も皆寝たのだから、寝にきなさいと妻に頼んだ。こうして一、二時間、彼女は無言のまま、わたしは時どき寝にくるようにと頼みこむうちに、彼女は逆上し始めて、わたしのことを悪党だ、不実だ、と喚いた……きっと頭の中ででっち上げたことだと思うが、わたしがデブといっしょに辻馬車に乗って、ガラス窓を立てているところを見たと言うのだ。けれどいつのことだったかは言えないし、わたしがその男だったかどうかも確かではないのだ。事実ではないのだから、わたしはそれを否定した。そしてまったく困りはてた。けれど、どうにもならないのだ。とうとう一時頃になって、彼女はベッドに寝ているわたしの傍へきて、カーテンを引き開けた。見ると、両端を真っ赤に焼いた火挟みを手に持っている。まるで今にもわたしを挟まんばかりの勢いだった。びっくり仰天《ぎょうてん》飛び起き、二言三言あった後、彼女は火挟みを下におき、少しずつ、まったく馬鹿みたいに、だんだん話を止めていった。そして二時頃になって、それでも一見渋しぶの様子で、やっと床についた。」

焼けぼっくいも湿りがち

テロに屈していては自由主義社会は守れないとピープスが考えたかどうか、三カ月後、彼は偶然デブと再会する。「神の思召《おぼしめ》しか、デブの姿を見つけた。とたんに心と頭が活動し始めた。もう我慢ならず、レン氏を探してこいと〔出まかせを言って〕W・ヒューアを追っ払った(W・ヒューアが彼女に気がついたことは分かっている。しかし、わたしが彼女を見たのを見て取ったかどうか、それは分からない。また彼を追っ払ったことに勘づいたかどうかも分からない)。」そしてピープスは、デブを人気のない隅に連れて行き、住所を聞き出す。しかしテロの効果は偉大である。「家へ帰って夜食をしたが、今日どこへ行っていたか、何をしていたか、問い糺《ただ》されるきっかけを与えまいと、たいそう口数を少なくしていた。しかし神よ、わたしを許し給え、清廉潔白《せいれんけっぱく》のような口を利く自信はほとんど出なかった。今日デブとこういういきさつがあった後なのだから。でもそれは、神様もご存じのとおり、まったく偶然のことだったのだけれど。」

そして、翌日は一日妻の様子を窺い、「昨日デブと会ったことについては、今のところ万事無事」と確めてから、その次の日、デブの住所近くに待ち伏せし、外出した彼女をつかまえて、気が進まぬのを無理に居酒屋に連れこみ、キスをし、乳房をまさぐり、さらに悪《わる》さを進めようとするが、デブが拒《こば》むので、「紙に二〇シリングくるんで渡し、次の月曜日ウェストミンスター会館でまた会おうと約束した。」四日後、「ウェストミンスター会館へ行き、一〇時から一二時すぎまで、デブに会えることを期待して歩き回った。しかし彼女は先に来て、わたしがいないので帰ってしまったのか、それとも用事があってこられなかったのか、来るつもりがなかったのか、それは分からない。（その中でも最後のことが、一番つつましいところがあるだけに、一番感じが良いから、わたしとしては一番嬉しいと思う。）でも彼女は現われず、歩いて疲れもしたので、家に帰った。」その一週間後、「ちょうどテンプル・ゲートのところで、デブがもう一人の上流婦人といっしょにいるところを見かけた。デブはわたしに目配《めくば》せし、笑みを見せたが、気づかれはしなかった。彼女に会えて嬉しかった。」これが日記の中のデブの最後の姿である。ほとんど口を利かず、黙々と主人のわがままにしたがいながら、それでいて身を守り通したこの少女は、不思議な微笑を浮かべて、われわれの前から消えてゆく。

やがて悲しき鵜舟かな

それとともにピープスの日記も終りになる。彼は数年前から視覚の障害に悩んでいた。日記の中の証拠から、それは遠視と乱視の併合症だったのだろうという二〇世紀的診断も下されているが、ピープス自身は、速記号で日記を書くことによる目の酷使が原因であると考え、このままゆけば遠からず失明するという強迫観念に襲われていた。しかし、自己をここまで客観化する心理的負担は、相当のものかもしれない。そのストレスが目にきたという解釈も可能であろう。事実、日記を中止して以後ピープスが目の障害に悩み続けたということはないようである。そして彼の日記の最後は次のように結ばれている。

「自分の目で日記がつけられるのは、おそらくこれでおしまいだろう。もうこれ以上は続けられないのだ。これまで長い間、ほとんどペンを手に持つたびに目をだめにしてきたのだから。それゆえ、今後はどうなろうと、諦めなければならない。この先は部下に普通の字で書かせようと決心している。だから彼らや世間の人に知られてもよいことしか書かないということで満足しなければならない。ひょっとして何かあったときには(それもそう多くはないはずだ。今やデブとの色事も終ったし、他の快楽のほとんどすべても、目に差しつかえがあるのだから)、日記帳に欄外を空けておいて、そこここに自分で速記号の註釈をつけ加えるより仕方がない。そういう訳でこうなった次第であるが、まるで自分自身が墓の中へはいって行くのを見るような思いがする――そのことに対し、そしてまた失明に伴うすべての不便に対し、善き神よ、わたしに心構えをなさしめ給え。

一六六九年五月三一日

S・P」

あとがき

ピープスは妻とのフランス旅行を早くから楽しみにしていた。一六六一年二月一〇日の夜には、「妻と楽しくフランス旅行の話をした。この夏実行したいと思っている」と書いている。けれどその頃のピープスにその暇のあろうはずがない。やっと六九年六月、日記を書くのを止めると同時に願い出た三カ月の休暇が許されて、ピープス夫妻はフランス・オランダ巡遊の旅に出る。しかし帰国直後、ピープス夫人はチフスにかかり、一一月あっけなく死んでしまう。ありったけの力を揮って妻の権威を守り通し、生国に里帰りをはたした彼女は、もう精根尽き、この世に未練はなかったのかもしれない。ピープスが彼女の記念のために作った胸像は、彼が欠席勝ちながら、ともかく日曜日に通い、望遠鏡で美人を探した、シージング小路の聖オリヴズ教会に今も残っている。そしてこれを奉納するとき、ピープスの脳裡には、糟糠《そうこう》の妻のかつての面影が去来していたに違いない。「サンドイッチ卿の邸うちの昔の小さな部屋で、いつも彼女は、かわいそうに、手ずから石炭を燃やしてくれ、わたしの肌着を洗ってくれた……わたしはいついつまでも彼女を愛し、崇《あが》めなければいけないし、また今もそうしている。」

その後ピープスは、ミセス・スキナーズという女性に身辺の世話を見てもらいながら、すでに述べたように海軍大臣に出世し、一六八八年ジェームズ二世が名誉革命に敗れてフランスに亡命した後、手塩にかけて育て上げた海軍を、ウィリアム三世に引き渡して引退し、一七〇三年、ロンドン南郊のクラッパムで、W・ヒューアに見とられて、息を引き取った。享年七〇。遺産は甥が相続した。その中には二万八千とびとびの七ポンド、二シリング、一ペンスと四分の一に上るジェームズ二世政府の未払金勘定があり、彼はこの支払いを最後まで要求し続け、その取立てを後世に託したが、ご時世が変った後、ウィリアム三世がそんな金を払ってくれる訳もなく、それは倒産会社の株券同様のものに終った。

ここまでピープスの日記とその生活を略述してきたものの、翻《ひるがえ》って思うに、内容あまりに猥雑、世人の教化に資することは何一つない。この点まことにお恥ずかしい。だがピープスの日記の価値は、中流平凡人、いわゆるエヴリマン氏の生活を、飾らず、偽らずに描いているところにあり、これは何としてもピープスの非凡の功績と認めざるを得ず、良きにつけ悪しきにつけ、このことを否定する人はよもあるまい。平凡人の平凡な生活はどこにでも転《ころが》っている。どこにでも転っているがゆえに、それは得てして忘れられやすく、卑猥だとして唾棄《だき》されがちである。だけど人間存在の十全の認識のためには、エヴリマン氏はけっして捨てられてはならないものなのだ。「この人を見よ」という言葉は、ピープスの日記のモットーとしても通用すると思う。

ところで、ピープスの一〇年間の生活を限られた紙面の中にどう要約するか、その点は多少迷った。妻、金、仕事、女性等々の項目を立てると、生活の歴史が表現できないし、生活の流れを主にすると、記述は細切れ、統一に欠ける。それで止むを得ず両者の折衷を試み、ピープスの生活の各一年のトピックと考えられるものを一つ選び、それに関係する日記の記述を前後の数年から集めて、材料とした。こうすることによって、ピープスの生活の特色となる主要項目と、彼の生活の流れと、二つのものを曲りなりにも表現できると考えた訳である。したがって、各章の記事の内容には、副題とした年数で示される年以外のものも含まれていることをお断わりしておく。たとえば、ピープスが賄賂をとったのは、けっして一六六四年の一年に限られていた訳ではない。また、日記からの引用にすべて年月日を付することは、あまりにも煩雑で、紙面の浪費になると思い、控えておいた。主役は何といってもピープスその人なのだから、できるだけ多く彼自身の言葉で話を進めようと心掛けたけれど、これもどうやら中途半端なことに終ったようである。筆者が用いたテキストは、R. Latham and W. Matthews, ed., *The Diary of Samuel Pepys*, 11 vols. University of California Press, 1970〜である。

最後に、筆者は畏友樺島忠夫氏に感謝を表明しなければならない。この本の生まれるきっかけは、何かの会議がはてた後、同氏の研究室で交わした談笑の中にあったからである。また出版にいたるまで、ことのほかお世話になった岩波書店の木村秀彦・岡本磐男の両氏にも、心からの謝意を申し述べる次第である。

一九八二年八月

臼田　昭

臼田 昭

1928-90年
1952年京都大学文学部卒業
専攻―イギリス小説
著書―『モールバラ公爵のこと―チャーチル家の先祖』(研究社)
訳書―J.オースティン『マンスフィールド・パーク』(集英社)ほか

ピープス氏の秘められた日記　岩波新書(黄版)206

1982年10月20日　第1刷発行
2024年5月24日　第15刷発行

著者　臼田《うすだ》 昭《あきら》

発行者　坂本政謙

発行所　株式会社 岩波書店
〒101-8002 東京都千代田区一ツ橋2-5-5
案内 03-5210-4000　営業部 03-5210-4111
https://www.iwanami.co.jp/

新書編集部 03-5210-4054
https://www.iwanami.co.jp/sin/

印刷・三陽社　カバー・半七印刷　製本・中永製本

ISBN 978-4-00-420206-6　Printed in Japan

岩波新書新赤版一〇〇〇点に際して

ひとつの時代が終わったと言われて久しい。だが、その先にいかなる時代を展望するのか、私たちはその輪郭すら描きえていない。二〇世紀から持ち越した課題の多くは、未だ解決の緒を見つけることのできないままであり、二一世紀が新たに招きよせた問題も少なくない。グローバル資本主義の浸透、憎悪の連鎖、暴力の応酬——世界は混沌として深い不安の只中にある。

現代社会においては変化が常態となり、速さと新しさに絶対的な価値が与えられた。消費社会の深化と情報技術の革命は、種々の境界を無くし、人々の生活やコミュニケーションの様式を根底から変容させてきた。ライフスタイルは多様化し、一面では個人の生き方をそれぞれが選びとる時代が始まっている。同時に、新たな格差が生まれ、様々な次元での亀裂や分断が深まっている。社会や歴史に対する意識が揺らぎ、普遍的な理念に対する根本的な懐疑や、現実を変えることへの無力感がひそかに根を張りつつある。そして生きることに誰もが困難を覚える時代が到来している。

しかし、日常生活のそれぞれの場で、自由と民主主義を獲得し実践することを通じて、私たち自身がそうした閉塞を乗り超え、希望の時代の幕開けを告げてゆくことは不可能ではあるまい。そのために、いま求められていること——それは、個と個の間で開かれた対話を積み重ねながら、人間らしく生きることの条件について一人ひとりが粘り強く思考することではないか。その営みの糧となるものが、教養に外ならないと私たちは考える。歴史とは何か、よく生きるとはいかなることか、世界そして人間はどこへ向かうべきなのか——こうした根源的な問いとの格闘が、文化と知の厚みを作り出し、個人と社会を支える基盤としての教養となった。まさにそのような教養への道案内こそ、岩波新書が創刊以来、追求してきたことである。

岩波新書は、日中戦争下の一九三八年一一月に赤版として創刊された。創刊の辞は、道義の精神に則らない日本の行動を憂慮し、批判的精神と良心的行動の欠如を戒めつつ、現代人の現代的教養を刊行の目的とする、と謳っている。以後、青版、黄版、新赤版と装いを改めながら、合計二五〇〇点余りを世に問うてきた。そして、いままた新赤版が一〇〇〇点を迎えたのを機に、人間の理性と良心への信頼を再確認し、それに裏打ちされた文化を培っていく決意を込めて、新しい装丁のもとに再出発したいと思う。一冊一冊から吹き出す新風が一人でも多くの読者の許に届くこと、そして希望ある時代への想像力を豊かにかき立てることを切に願う。

（二〇〇六年四月）

岩波新書より

政治

- さらば、男性政治　三浦まり
- 日米地位協定の現場を行く　山本章子・宮城裕也
- 職業としての官僚　嶋田博子
- 学問と政治　学術会議任命拒否問題とは何か　芦名定道・宇野重規・岡田正則・小沢隆一・加藤陽子・松宮孝明
- 検証 政治改革　なぜ劣化を招いたのか　川上高志
- 政治責任　民主主義とのつき合い方　鵜飼健史
- 人権と国家　筒井清輝
- 「オピニオン」の政治思想史　堤林剣・堤林恵
- 戦後政治史〔第四版〕　石川真澄・山口二郎
- 尊厳　マイケル・ローゼン　内尾太一・峯陽一訳
- デモクラシーの整理法　空井護
- 地方の論理　小磯修二
- SDGs　南博・稲場雅紀
- 暴君　スティーブン・グリーンブラット　河合祥一郎訳
- ドキュメント 強権の経済政策　軽部謙介
- リベラル・デモクラシーの現在　樋口陽一
- 民主主義は終わるのか　山口二郎
- 女性のいない民主主義　前田健太郎
- 平成の終焉　原武史
- 日米安保体制史　吉次公介
- 官僚たちのアベノミクス　軽部謙介
- 在日米軍　変貌する日米安保体制　梅林宏道
- 矢内原忠雄　戦争と知識人の使命　赤江達也
- 憲法改正とは何だろうか　高見勝利
- 共生保障〈支え合い〉の戦略　宮本太郎
- シルバー・デモクラシー　戦後世代の覚悟と責任◆　寺島実郎
- 憲法と政治　青井未帆
- 18歳からの民主主義◆　岩波新書編集部編
- 検証 安倍イズム　柿崎明二
- 右傾化する日本政治　中野晃一
- 外交ドキュメント 歴史認識◆　服部龍二
- 日米〈核〉同盟　原爆、核の傘、フクシマ　太田昌克
- 集団的自衛権と安全保障　豊下楢彦・古関彰一
- 日本は戦争をするのか　半田滋
- アジア力の世紀　進藤榮一
- 民族紛争　月村太郎
- 政治的思考　杉田敦
- 現代日本の政党デモクラシー　中北浩爾
- サイバー時代の戦争◆　谷口長世
- 現代中国の政治◆　唐亮
- 政権交代とは何だったのか◆　山口二郎
- 日本の国会　大山礼子
- 戦後政治史〔第三版〕　石川真澄・山口二郎
- 〈私〉時代のデモクラシー　宇野重規
- 大臣〔増補版〕　菅直人